50, 이제 결혼합니다

본격 만혼 에세이

50, 이제
결혼합니다

백지성 지음

오르골

기쁨을 느끼는 사람은 누구나
그 기쁨을 함께 나누어야 한다.
행복은 쌍둥이로 태어났다.

조지 고든 바이런

차례

일러두기
- ◆ 맞춤법과 외래어 표기는 현행 '한글 맞춤법 규정'과 《표준국어대사전》(국립국어원)을 따랐다. 단 글의 흐름상 필요한 경우, 관용적 표기나 일부 구어체는 그대로 살렸다(썸, 웃픈, 업되다, 흙수저, 색슈얼하다 등).
- ◆ 실생활에서 굳어진 일부 고유명사는 통용되는 대로 표기했다(영화 〈인디아나 존스〉 등).
- ◆ 책·정기 간행물은 《 》로, 시·논문·영화·노래·방송 제목은 〈 〉로 표기했다.

나는 50에
결혼했다!

50세 신부! 5년 전, 나는 50세의 나이 든 신부였다. 나도 50이 되어서야 결혼할 줄 꿈에도 몰랐다. 지방에서 흙수저로 태어나 평생 외모도 공부도 연애도 그저 평범했던 내가 결혼은 이처럼 '평범하지 않게' 할지 어찌 알았겠는가. 어쨌건 나는 5년 전 여름, 현재 남편과 아주 작은 결혼식을 올리고 부부가 되었다. 나는 첫 결혼이지만 남편은 두 번째다. 몇 년 전 사별한 남편은 20대 자녀 둘을 두었다.

　내가 결혼한다고 선언했을 때 주위 사람들의 반응은 대

단했다.

"아니 결혼한다고? 네가?"

눈이 똥그래져서 되묻는 사람들은 '세상에, 쉰 살 노처녀도 결혼할 수 있구나!' 하는, 마치 〈세상에 이런 일이〉 유의 충격을 받은 듯했다. 50세 여성이 결혼하는 일이 이렇게 놀랄 일인가?

그런 반응에 대한 기억이 이 책을 쓰는 모티브가 되었다. 50세가 되어 결혼해도 잘 살 수 있다는 것을 말하고 싶다. 혹시나 자랑하는 거냐고 오해하실까 봐 한마디 덧붙인다. 그 나이에 결혼한 것이 무슨 자랑거리이겠는가. 면구스러운 일이라면 또 몰라도. 다만 50세 여성도 '처음' 결혼할 수 있고, 또 50세에 결혼해도 행복하게 살 수 있음을 알려주고 싶다.

단언컨대 결혼은 젊어서 하든 늙어서 하든, 하거나 안 하거나 간에 자랑거리도 창피할 일도 아니다. 본인이 자랑이라 생각하면 자랑이 되고, 창피하다 생각하면 창피한 일이 된다. 그저 그런 '상태'에 있는 것일 뿐.

결혼이라는 것은 완벽히 개인이 선택할 수 있는 영역도,

그렇다고 100프로 운명의 영역도 아니다. 개인에 따라 누구는 선택의 영역이 좀 더 많이 작용하고, 누군가에게는 비자발적 운명이 더 많이 개입한다. 삶의 결과 대부분이 이처럼 '선택'과 '운명', 양극단의 화살표 사이 어딘가에 위치해 있는 게 아닐까. 우리는 그런 운명을 긍정적으로 받아들이고, 그 안에서 평안함에 이르는 길을 깨우치고 실천하면 된다. 물론 그게 말처럼 쉽지는 않지만 말이다.

또 하나 중요한 삶의 진실은, 미래는 알 수 없다는 것이다. 50여 년 살아보니 생은 너무 가변적이다. 나도 내가 이런 모습으로 살게 될지 30대까지만 해도 짐작조차 하지 못했다. 직업도, 결혼도, 30대 중반까지 막연히 생각했던 모습과 전혀 다르다. 작심한다고 그대로 되는 게 인생이 아니듯, 결혼관이나 인생관도 바뀔 수 있는 것이다.

지금도 평생을 비혼으로 살지, 이제라도 결혼을 하기 위해 소위 '노오력'이란 걸 해야 할지 갈팡질팡하는 여성들이 있으리라.

"나이 들어 결혼하면 어떤가? 젊은 시절 결혼하는 것과 다른가? 결혼은 나이 들어서 해도 여성에겐 그저 속박일

뿐인가?"

이런 호기심 해결에 작은 힌트를 제공할까 한다.

실로 오랜 세월 결혼은 내 생애 커다란 난제였다. 30대부터 시작된 고민은 딱히 배울 수 있는 교재나 매체도, 교훈 삼을 만한 대상도, 그리고 속 시원히 상담해 주는 사람도 없어 늘 답답하고 혼란스러운 주제였다. 책과 인터넷을 뒤지며 진리를 찾기 위해 노력했지만 이렇다 할 도움은 받지 못했고, 그 긴 시간 동안 머리 아프게 고민하며 통찰한 것들이 쌓이면서 언젠가 나 같은 여성들을 위해 언니의 마음으로 이야기해 주고 싶어졌다.

그래서인지 결혼 경력 5년에 불과한 초자인데도 할 말이 많다. 내가 그랬던 것처럼 지금도 고민하는 중년들과 경험을 공유하고 싶다. 또 청춘의 문턱을 막 넘어선 이들에겐 조금 먼 이야기일 수 있지만 '선행 학습' 삼아 들어주면 고맙겠다.

나는 이러한 소망을 담아 중년의 삶과 결혼, 그리고 행복한 삶의 길에 대해 이야기해 보려고 한다.

마침 2022년 생애 첫 안식년(연구년)을 맞아 평창으로,

해외로 다니며 이런 생각을 조금씩 글로 정리해 카카오 브런치스토리에 〈나는 50에 결혼했다〉란 제목으로 게재하기 시작했다. 운 좋게 '제10회 브런치북 출판 프로젝트' 특별상을 수상하며 보다 많은 이들에게 알려질 기회를 얻었다.

수상 이후 브런치북에 묶인 글들을 보완하고 후속 이야기들을 대폭 추가하여 이 책을 완성했다. 부디 여기 담긴 내용이 '혼자 사는 삶'과 '같이 사는 삶' 사이에서 고민하는 사람들에게 유용한 힌트가 되면 좋겠다.

이 책의 1, 2장에는 자칭 '중년 결혼 예찬론자'가 되기까지 연애 시절 이야기와 중년의 결혼 일상이 담겨 있다. 3장에서는 결혼 이전의 삶을 반추하며 결혼의 본질과 독신 문제에 대해 성찰했다. 아울러 중년 이후 행복한 삶과 결혼에 대한 생각을 진지하게 담아냈다.

부족한 글을 알아보고 선택해 주신 도서출판 오르골 박혜련 대표께 감사의 말씀을 드린다. 항상 의지가 되고 고마운 언니를 비롯한 친가, 시가 가족들에게도 사랑과 감사를 전한다. 내 얘기를 써보라고 옆구리 찔러주신, 인생의 멘토이자 중매자 양진규 목사님과 친구, 동료들도 항상 감사하다. 그리고 무엇보다 브런치북을 구독하고 응원해 주신 독자들께 진심으로 감사드린다.

마지막으로 이 책의 모티브가 된 주인공, 50인 나와 결혼해 준 남편 박해진 씨에게 사랑을 담아 보낸다.

"여보, 중년에 당신을 만나 결혼한 것은 내 인생 최고의 행운입니다!"

2023년 5월

백지성

1 장

중년 연애는
청년 연애와 다르다

결혼만 해본 남자,
연애만 해본 여자

가끔 남편과 연애 시절 이야기를 하다 보면 왠지 이 결혼을 내가 설계한 것 같은 느낌이 들곤 한다. 결코 사실이 아님에도 그렇게 느껴지는 건 연애 단계마다 어쩔 수 없이 발현된 나의 주도성이 결혼까지 오는 데 결정적 역할을 했기 때문이리라.

남편과 술잔을 기울이다 술기운이 거나해질 때쯤이면 우리가 순조롭게 결혼에 골인한 것은 다름 아닌 '나의 지혜로운 기획력과 추진력' 덕분이었음을 강조하며, 나에 대한 추앙을 강요하곤 한다. 변수 많은 연애 과정에서 자칫 별것 아닌 일로도 이별할 수 있는 연애 초기, 나는 청춘 시절에는 전혀 없었던 지혜가 어디서 그렇게 솟아났는지 지금 생각해도 신기하다. 내가 남편과 연애에서만큼은 꽤 지혜로운 연애술사였던 셈이다.

나이 많은 서울 사별남을 소개받다

나는 20년 넘게 알고 지내온 목사님의 소개로 남편과 만났다. 교회를 안 다니면서도 나는 신기하게 여러 목사님과 친분이 있다. 그분들 가운데 때론 오빠 같고 때론 멘토 같은 Y 목사님이 자신의 대학 동창을 소개시켜 준 것이다. 그분과 남편은 대학 시절 민주화운동도 같이하고, 사업을 같이하다 망해본 적도 있으며, 압권은 내 남편이 목사님 신혼집 아파트에 들어가 얹혀사는, 천하의 눈치 없는 짓까지 감행했다는 사실이다.

목사님이 남편을 소개해 준 계기도 처음 들었을 때는 말도 안 된다며 믿지 않았다. 당시 남편이 심정지가 온 첫 번째 아내와 갑작스럽게 사별한 날, 목사님은 황망히 떠난 아내의 영정 앞에서 하염없이 울고 있는 남편의 가엾은 모습을 보며 내가 퍼뜩 떠올랐다고 한다.

"좀 시간이 흐른 다음에 해진이한테 지성이를 소개시켜 줄 거야."

장례식장에서 돌아오는 길에 목사님이 부인에게 이렇게 말한 것으로 보아, 우리 부부의 만남도 운명적인 요소가 없지는 않은 듯하다. 그로부터 2년여가 지난 어느 날 목사님은 내게 실제로 소개팅을 제안했다.

그 당시는 내가 10여 년 만의 '썸' 같은 연애에 종지부를 찍고 '내게 결혼 복은 없구나!' 하며 현실을 수용한 지 6개월이 넘었던 때라, 소개해 준다고 해도 별로 감흥이 없었다. 이 소개팅이라는 게 연애와 결혼에 대한 기대가 있어야 하는데 그간 실패의 역사는 내게 통계적으로도 가능성이 매우 낮은 짓임을 실증해 주었고, 더욱이 중년의 무거워진 몸뚱이를 치장하고 나가 낯선 아저씨 앞에 긴장한 채 앉아 있는 일도 여간 피곤한 게 아니었다.

중년엔 청춘 시절처럼 "노느니 한번 해보지 뭐"라는 게 잘 안 된다. 이성을 만나러 가는 과정 자체가 너무 큰일처럼 생각되기 때문이다.

소개팅남이 서울에서 산다는 것이 결정적인 하자이기도 했다. 보고 싶을 때 만나러 와주는 기동력이 무엇보다 중요한 내 연애관에 따르면 멀리 사는 사람은 그냥 믿고 거르는 인류였다. 해서 겸사겸사 마뜩잖아 거절했는데, 여럿이 같이한 흥겨운 모임에서 내가 다소 기분이 업돼 방심한 틈을 타 목사님이 운을 뗐다.

"그러지 말고, 주말에 집에서 심심하게 있느니 내 친구 한번 만나나 봐."

마침 주위에 있던 지인들도 부추기는 통에 덜컥 "그럴까?" 하고 수락하게 된 것이다.

어쩌다 정교하게 기획된 첫 만남

10일 후로 소개팅 날짜가 잡혔다. 막상 소개팅 날이 다가오자 이번엔 진짜 마지막일지도 모른다는 생각에 이왕이면 좀 제대로 해야겠다 싶었다. 마침 목사님도 공들여 성사시킨 '절친'의 소개팅을 제대로 해주고픈 의지가 강해 보였다.

소개팅을 며칠 앞두고 목사님과 같은 모임에 있던 선배 언니 J, 후배 O, 그리고 나 이렇게 넷이서 전주 신시가지의 일식집과 분위기 좋아 보이는 카페를 뒤지며 소개팅 최적지를 물색했다. 40~50대 기혼자들이 나를 위해 소개팅 성지를 찾고야 말겠다며 키득거리면서 돌아다닌 것이다.

그때 내가 강하게 주문한 내용이 있었으니 그것은 바로 '무조건 어두운 조명의 룸이어야 한다'였다. 중년들이라면 대부분 동감하는 바가 아닐까. 감추고 싶은 게 많아지는 중년!

소개팅 맛집이라도 찾듯 샅샅이 뒤진 끝에 결국 값은 좀 비싸지만 룸이 있는 조용한 일식집으로 정했는데, 막상 당일에 방문을 열고는 몹시 당황했다. 그 시각 대문짝만하게 큰 창문과 쓸데없이 밝은 샹들리에급 조명에서 내 모공까지 투사할 듯 빛이 쏟아지는 게 아닌가.

우리의 소개팅은 1차 일식집에서는 모두 편하게 함께한 후, 2차는 조용한 호프나 카페에 같이 가되 우리와 주선자 친구들은 멀리 따로 앉기로 목사님과 얘기가 되어 있었다. 그것은 순전히 내 아이디어였다.

원래 목사님의 의도는 당일 모임에서 소개팅과 대학 동아리 모임을 동시에 해결하는 것이었다. 대학 동아리 모임에서 소개팅 말이 나오기도 했고, 그 자리에 함께했던 멤버

들이 남편의 소개팅 겸 다음 모임을 모처럼 전주에서 하자고 했던 터라, 목사님은 서울에서 온 친구들을 같이 대접하고 싶었던 것이다.

일이 잘되게 하는 우주의 기운이 모여서 그랬는지, 왠지 그 계획대로 하면 안 될 것 같은 예감이 확 들었다. 목사님의 사정은 충분히 이해하나 그런 식으로 꿔다 놓은 보릿자루처럼 모르는 사람들 속에 앉아 가뜩이나 긴장되는 소개팅을, 더욱이 '이 나이에' 하고 싶지는 않았다.

"목사님, 그건 좀 아닌 것 같아요. 저 그런 식으로는 소개팅 못 하겠어요."

이렇게 명확히 입장을 표명하고, 그 대안으로 서울에서 모임 친구 중 한 분만 같이 내려오면 어떠냐고 중재안을 내놓았다. 소개팅남도 혼자서 전주까지 오기 심심하고 부담될 테니 친구와 같이 내려와서 네 명이 만나면 좋을 것 같다고 제안했던 것이다.

결과는 물론 성공적이었다. 간만에 전주에서 만나 흥이 오른 세 친구는 내가 도착하기 전 이미 술기운이 돌아 다소 풀어져 있었다. 덕분에 1차의 편안한 분위기 속에 서로 살

짝살짝 훔쳐보는 탐색전을 벌이다 2차에 가서는 둘이서만 정말 자연스럽게 수다를 떨었다. 처음 만난 사람들 같지 않게 편한 자리가 되었던 것이다.

연애를 너무 오래 쉰 중년 남자와의 연애

우리가 연애를 막 시작한 6년 전, 남편은 심각한 연애 무식자였다. 그럴 만도 한 게 남편은 30세에 처음 결혼하기 전에도 이렇다 할 연애 경험이 없었고, 사실상 처음으로 사귄 여성과 쉽게 결혼에 골인한 케이스였다. 이후 나를 만나기까지 무려 24년이 흘렀으니 오죽하겠는가. 실은 나도 전 생애 통틀어 연애 중이었던 기간이 몇 년 안 되는 연애 하수였는데, 그런 내가 보기에도 남편은 연애를 못해도 너무 못해서 답답한 아저씨였다.

남편은 서울에서 작은 사업을 했는데, 처음엔 월요일 저녁마다 나를 만나러 3시간을 달려왔다. 나는 내심 금요일을 선호했으나 남편은 금요일 고속도로가 밀리는 사정과 주말을 편하게 쉬고 싶은 생각에서인지, 먼저 월요일에 내려가겠다고 말을 꺼냈다.

처음 두 번 그리 탐탁지 않은 월요일 밤 데이트를 한 후 나는 남편에게 금요일로 데이트 요일을 바꾸자고 요청했다. 금요일에 데이트하는 사람이 늘 부러웠다며 "나도 불금에 데이트를 하고 싶어요"라고 말했다. 그랬더니 남편이 미안해하며 바로 다음 주부터 금요일에 내려와 주었다.

정말 외롭던 싱글 시절, 금요일 저녁만 되면 사람이 고팠다. 마치 먹이를 찾아 산기슭을 어슬렁거리는 하이에나처럼 '오늘 밤 나와 술 한잔하며 세상 사는 이야기 나눌 사람'을 고대했으나, 현실은 '나 홀로 맥주 캔'뿐인 날들이 대부분이었다. 그래서 간만의 데이트를 꼭 금요일에 하고 싶었던 것이다. 이후 금요일 데이트는 나로 하여금 감사함과 더불어 보답하고자 하는 의욕을 증폭시켰다. 금요일마다 안정적으로 만날 사람이 있다는 사실 자체부터 좋았다. 그만큼 사람이 그리웠다.

당시 우리는 밤늦게까지 술잔을 기울이며 서로 살아온 이야기를 나누는 데이트를 이어갔다. 새벽까지 같이 술을 마신 후 남편은 근처 모텔에 가서 혼자 잠을 자고 다음 날 새벽 알아서 서울로 올라가는 식의 연애를 한동안 지속했다. 그때 이미 남편의 나이 55세였으니 몹시도 피곤한 연애였을 것이다. 그래도 여자 하나 꾀어보려고 그토록 싫어하는 장거리 운전까지 매주 해가며 나름대로 노력한 것이었는데, 남편의 노력은 딱 거기까지였다.

가르치며 해야 하는
중년 연애

남편, 당시 남자친구는 금요일마다 데이트하러 내려올 때 아무 생각 없이 오는 듯했다. 만나서 어디에 갈지, 무엇을 할지 전혀 생각지 않고 내려와, 해맑은 얼굴로 내 처분만 기다리는 식이었다. 꽃 한 송이 사 온 적도 없었다.

　나 역시 귀국해 다시 정착한 지 몇 년 안 됐고, 평소 잘 돌아다니는 편도 아니었기에 그간 많이 변해버린 전주 신시가지를 잘 몰랐다. 그런 데다 서울서 내려온 나이 지긋한 분을 모시고 다니려니 부담스러운 면이 없지 않았다. '이번 주엔 또 어딜 가야 하나' 고민하며 인터넷에서 장소를 검색해 찾아가곤 했다.

그렇게 원치 않았으나 내가 주도하는 연애가 시작되었다. 나는 원래 연애에 매우 수동적인 사람이었고 연애가 서툴기는 매한가지여서 모처럼 남자친구가 생겼어도 마냥 좋기만 한 것은 아니었다.

첫 번째 스킨십마저 기획하다

남편의 '연애 무식'은 이후 스킨십 시도 없음으로 이어졌다. 줄곧 식당이나 카페에서 밥 먹고 술 마시며 이야기하는 무성적無性的 토론 위주 연애가 계속되던 중, 이제는 내가 나설 수밖에 없는 시점이라는 생각이 들었다.

20대 말에 신문사 다니던 시절, 직장 동료의 소개로 만나 한 달 정도 데이트했던 상대가 있었다. 진지하고 좋은 사람이었으나 연애 경험이 없어, 나를 차로 픽업해서 레스토랑이나 커피숍에 가서 밥 먹고 차 마시며 이야기만 나누다 다시 집에 내려주는 데이트를 거의 매일같이 한 달 동안 지속했다. 늘 시사토론식 대화만 했을 뿐 남녀로서 전혀 가까워지지 않던 어느 날, 나는 우리가 연인으로 발전되기는 힘들다고 판단하여 이별을 고했다.

그때 깨달았다. 초반에 남녀로 끌림이 없으면 계속 그러다 만다는 것을. 그런 기억이 강했기에 남편과의 만남도 계속 술 마시며 이야기만 하다가는 좀체 가까워질 것 같지 않았다. 어쨌거나 모처럼 사귀게 된 사람이니 그 끝을 보고 싶었다.

마침내 나는 난생 처음 남편을 노래방으로 이끄는 '대결단'을 내렸다. 남녀 단둘이 노래방에 가자는 게 좀 속 보이는 것 같아 창피했지만, 이 남자가 워낙 뭘 모르니 나라도 나설 수밖에!

남편은 다행히(?) 노래방에서 스킨십을 시도해 줬다. 다만 중년 여성의 아킬레스건인 볼록한 배를 스치는 백허그를 하는 통에 내가 소스라치게 놀라 반사적으로 손을 뿌리치는 대참사가 벌어졌지만 말이다. 남편은 기특하게도 한 번 더 스킨십에 도전했다. 처음으로 그가 남자로 느껴진 순간이었다.

자존심 좀 상하지만 또 하나 고백한다. 연인 사이에 관계가 급진전될 수 있는 첫 여행 역시 내가 제안해서 이루어졌음을. 영 연애의 스킬을 모르는 이 남자가 여행하기 좋은 가을이 왔는데도 그 흔한 여행 제안 한번 안 하는 것이다. 훗날 남편이 말하길 이런 식으로 건전한 연애를 한 1년 정도 하다 여행 가자고 하는 게 예의인 줄 알았단다. (에휴, 옛날 사람.)

나는 하는 수 없이 또 슬며시 떠봤다.

"요즘 날도 좋은데, 어디 가까운 데 1박 2일이라도 여행을 갈까요?"

그 순간 남편이 눈을 크게 뜨며 반겼다. 그러나 나는 첫 여행을 앞두고 며칠 동안 불안에 떨어야 했다. 연애 무식자인 남편이 또 해맑은 얼굴로 여행지에 빈손으로 올까 봐 전전긍긍했던 것이다.

당시 여행을 며칠 앞두고 기혼자인 동창 친구를 만났는데, 그 친구가 "남자친구한테 아직도 목걸이 같은 선물 안 받았어?"라며 심각하게 물어왔다. 그러면서 첫날밤을 치르는데 금목걸이조차 준비해 오지 않는 남자라면 사귈 가치가 없다고, 술 마셨으면 대리 기사라도 불러 집으로 돌아오라는 것이 아닌가. 그 말을 듣고 보니 은근히, 아니 심각하게 걱정이 되었다. 그런 최소한의 언약과 같은 절차도 없이 이 나이에 남자와 첫날밤을 보내고 싶지는 않았다. 이 남자가 눈치 없이 빈손으로 나타나면 어쩌나….

정말 다행스럽게도 남편은 아주 가느다란 18K 금목걸이를 사가지고 와서, 호텔 방에 들어서자마자 내 목에 걸어주었다. 무엇보다 대리 기사 불러 집에 가지 않아도 돼서 얼마나 다행이던지. 그날 이후 우리 관계가 급속히 진전되었음은 물론이다.

스킨십 시도는 스킨십 자체가 중요하다기보다 이성으로 느끼는 계기를 마련한다는 데 의미가 있다. 피 끓는 이팔청춘도 아닌 중년의 나이에 스킨십이 중요하면 얼마나 중요하겠는가. 그저 이성으로서 최소한의 설렘이 있는지 확인하고 싶었는데 다행히 그런 느낌을 받았다. 이 남자라는 확신이 들자 빨리 결혼하고 싶어졌다.

비하인드 스토리를 고백하자면, 여행을 앞두고 불안해진 내가 남편과 통화하면서 "연애한 지 오래되셨으니 젊은 사람들에게 데이트하는 방법을 좀 물어보세요" 하고 넌지시 채근했다. 그러니 살짝 옆구리 찔러 절 받았는지도 모른다. 남편은 순전히 본인의 아이디어였다고 지금까지 우기고 있지만 말이다.

연애할 줄 모르는 남자는
가르치면 되는 거야

연애 초기에 남편이 답답한 행동을 보였을 때 한동안 실망하여 연애가 시들해질 뻔했다. 그러다 결국 '몰라서 못하는 건 가르쳐서 하게 만들면 된다'는 결론에 도달했다. 남편이 살아온 역사를 헤아려보니 연애 못하는 게 이해도 됐다.

이후 남편의 자존심을 건드리지 않는 선에서 내가 가르치며 주도하는 연애를 실행했다. 막상 그렇게 맘먹고 보니 도전 의식도 생기고, 내가 주도하는 연애의 묘미도 슬슬 느껴져 나쁘지 않았다.

우리는 그렇게 한 단계 한 단계 서툰 연애의 고개를 넘었다. 나 역시 연애에 서툴러 그때까지 혼자 살고 있었던 것인데, 어떻게 남편과의 연애에서는 그런 순발력과 관용이 생겼는지 두고두고 신기할 정도다. 남들에게는 별것 아닌 연애 기본기일지 모르지만 나는 그전까지 한 번도 주도적인 연애를 해본 적이 없다. 그래서 될 인연은 어떻게든 되나 보다 하는 생각이 드는 한편, 중년이 되어 성숙해지고 지혜로워진 덕분이 아니었나 싶어 뿌듯하기도 하다.

연애할 때 상대가 기대한 만큼 연애 매너를 보이지 않으면 자칫 매력이 떨어져 보일 수 있다. 이는 점차 시들한 연애로 이어져 결국 이별로 막을 내리기 십상이다.

실제 여자들이 흔히 기대하는 연애 매너를 가진 남자는 대개 바람둥이이거나 누군가의 남편이다. 그러니 현실에서 가능한 싱글 중 골라야 하는데, 이때 문제 해결적 관점에서 연애에 접근한다면 서로 감정 문제로 끙끙거리는 일 없이 조율해 나갈 수 있다. 그러다 보면 초기엔 보이지 않던 상대의 장점들도 점차 드러나면서 내가 지금 너무 괜찮은 남자를 만나고 있다는 사실을 발견하기도 한다.

이를 입증하듯, 연애 초기 꽃 한 송이 사줄 줄 몰랐던 남편은 이후 '전주의 최수종'이 되었다. 점차 능력이 개발되더니 멋진 프러포즈 이벤트까지 기획해 황홀한 청혼을 했고, 요즘도 나를 행복하게 해주기 위해 수시로 신경 쓴다. 아, 답답하다고 연애를 때려치웠으면 어쩔 뻔했는가. 지난 5년 동안 느껴온, 이 알싸한 행복감을 놓치고 말았을 것이다.

중년에도 연애는 어렵다. 그러나 그 어려움을 해결할 수 있는 지혜와 관용이 둘 중 한 명에게라도 있을 가능성이 높다. 그래서 불같은 사랑은 아니어도 나처럼 서서히 달아오르는 사랑이 가능하다고 말하고 싶다. 사랑은 나이 들어서도 달콤하다!

중년 연애,
밀당하다간 망합니다

남편을 처음 소개로 만난 6년 전 여름날. 주선자인 Y 목사님은 만남의 목적을 망각한 채, 간만에 전주까지 온 두 친구 앞에서 신나게 이야기를 이어갔다.

세 남자의 흥겨운 자리에 늦게 합류한 나는 아무래도 어색할 수밖에 없었다. 그 와중에도 앞자리에 앉은, 비범한 리액션의 중년 남자를 본 순간 '이 사람과는 한동안 만나겠구나' 하는 묘한 느낌이 들었다. 생전 처음 느끼는 감정이라 깜짝 놀랐다. 인사 후 대화 한마디 나누지 않은 상황이고 남편의 외모가 연예인급도 아닌지라 신기한 일이었다.

　그 후 얼마 되지 않아 이 사람과 결혼해야겠다는 생각이 바로 들었다. 남편과 만난 지 석 달도 채 안 되었을 무렵 지인들 여럿이 같이한 자리에서 내가 "이번 겨울에 결혼해 버릴까 봐"라고 말하니 다들 눈이 휘둥그레졌다. 심지어 우릴 소개해 준 목사님까지 이렇게 말할 정도였다.

　"왜 그렇게 결혼을 서둘러? 결혼은 그렇게 하는 게 아냐."

　그 자리에 있던 다른 사람들도 좀 더 길게 친구처럼 사귀어보고 하라는 둥, 1년 사계절은 만나보라는 둥, 조기 결혼을 말렸다.

　남편과 나는 결국 몇 달을 늦춰 다음해 여름방학에 결혼하기로 했는데, 주위 사람들의 만류 때문은 아니었다. 그때 이미 우리는 주말을 같이 보내면서 꽤 안정적인 관계를 유지하고 있었으며, 누구랄 것 없이 곧 결혼해 가정을 이루리라 믿었기에 결혼식을 언제 올리느냐는 그다지 중요하지 않았다. 그리고 추운 겨울방학에 하는 것보다는 여름방학이 낫겠다는 아주 단순한 생각도 작용했다.

　TV에 연예인들이 나와서 "처음 만나 한눈에 반했다",

"결혼할 사람이라고 느꼈다"라는 식의 말을 종종 한다. 그런 얘기를 들으면 대부분 속으로 '에이~ 말도 안 돼' 하거나, '첫눈에 반할 만큼 상대방의 미모가 뛰어나겠지'라고 생각할 것이다. 고로 그렇게 미남 미녀가 아닐 경우에는 일어나기 힘든 일이라고 생각한다. 실제로는 어떨까.

내 경우, 그리고 중년에 만나 결혼한 주위 커플들을 보니 느슨한 형태로나마 첫눈에 반한 경우가 많다. 다만 '첫눈에 반하다'라는 의미가 이팔청춘의 그것처럼 가슴이 벌렁벌렁하는 형태는 아니고, 뭔가 차분하게 우주의 기운이 모이는 느낌이랄까. 한마디로 잔잔하지만 운명적인 이끌림을 느끼는 순간을 경험하는 것 같다.

40대 초반에 결혼한 후배는 자기 남편과 처음 만났을 때 대번에 느낌이 왔으며, 그 덕분에 두 번째 만나 호텔까지 갔을 정도라고 고백한다. 그 후배는 남자랑 키스 한번 해본 적 없는 '모태 솔로'로, 본인도 어떻게 그런 대범함이 생겼는지 놀라워했다.

'뭔가 이 사람과는 잘될 것 같다'는 생각이 들고, 그 생각이 확신으로 고속 직행하는 것이 중년 커플의 성공 비결인 모양이다. 나도 그랬고, 내 주위의 중년 결혼 커플들 모두 그랬다. 첫인상이 너무 아니었는데 상대가 대시해서 만난 경우는 없었다.

드라마 같은 데서는 여주인공이 소극적인 태도를 보여도 남주인공이 끈질기게 대시해서 사랑을 쟁취하는 스토리가 종종 나온다. 하지만 현실에선 그런 일이 벌어지지 않는다. 특히 중년들에겐. 사람들 대부분이 그렇게 자존심까지 버리고 대시하지도 않거니와 한두 번 거절당하면 나가떨어져 관계가 끊기고 만다.

심지어 중년의 만남은 첫발을 떼기조차 힘든데 상대가 소극적인 태도마저 보인다면 성공할 가능성이 거의 제로에 가깝다. 양쪽 모두 첫 만남에서부터 끌림이 있고 적극적이어야 성공하는 것 같다.

중년 연애에는 보편적 연애 기술이라는 '밀당'이 필요 없다. 그런 밀고 당기는 식의 잔재주가 먹히지 않을 뿐더러 이미 무엇이 중요한지 아는 나이이기에 굳이 가벼운 테크닉 따위가 필요치 않다. 오히려 밀당의 부작용이 더 클 수 있다고 경고하고 싶다. 젊은 시절 연애할 때처럼 밀당을 하려고 들면 중년의 데이트 상대는 지레 피곤해져서 그만둘 가능성이 높다. 중년이 되면 피곤한 연애는 절대 못 한다. 그럴 에너지가 없다.

중년엔 그냥 좋다 싶으면 표현하고, 만나고, 사랑하고, 결혼하는 것이다. 자기 확신이 청춘 시절보다 강해지므로 자신의 판단을 믿고 따라가면 된다. 나이와 세월이 주는 경험치에서 우러난 판단력과 지금 결혼해도 시간이 많지 않다는 절박함이 합해져, 남보다 늦게 만났으니 빨리 같이 살고 싶어진다. 주위 반대나 우려에 쉽게 흔들리지 않고 과감하게 밀고 나간다. 내가 아는 중년 커플들 모두 처음부터 관계가 급속도로 발전해 1년 정도 연애 후 자연스레 부부가 되었다.

서로에 대한 확신이 빠른 중년의 만남 그리고 결혼은 대부분 성숙한 부부 관계로 이어진다. 이처럼 중년에 결혼한 커플의 특징은 쓸데없이 자존심을 세우거나, 사소한 일로 날카로워지는 일이 별로 없다는 것이다.

'내 배우자'라는 관계가 갖는 압도성은 세상 무엇보다 비교 우위의 안정감과 충만함을 준다. 그게 초혼이든, 재혼이든.

중년 연애의
필수품인 술

버트런드 러셀이 그랬다. "진정한 행복을 가로막는 가장 치명적인 것은 사랑에 대한 신중한 태도"라고.

남편과의 연애 초기, 그리고 6년이 지난 지금도 우리 부부가 연애하듯 알콩달콩 사는 데 크게 일조한 것은 바로 술이다. 둘이 함께 맛있는 음식에 술을 곁들여 먹으면 행복감이 퐁퐁퐁 솟아난다. 그리고 술을 마셨기에 가능한, 웃기는 행동도 덤으로 즐길 수 있어 삶이 더 유쾌해진다.

가령 술 마시다 침팬지 흉내를 낸다든지 개그맨 흉내를

낸다든지 혹은 즉흥 랩을 하는 식으로, 술기운이 아니면 상상할 수 없는 행동을 하며 폭소를 터뜨린다. 나이 든 이후 언제 이렇게 마음껏 웃어보았나? 우리를 흥겹게 하는 마력, 그것은 좋은 사람과 마시는 술의 힘이다.

나는 중년에 연애를 시작하려는 사람들에게 가능한 한 술을 함께 마셔보라 권하고 싶다. 물론 과하면 안 되지만 말이다.

중년이 되면 특유의 근엄함이 자꾸 연애 분위기를 서먹하게 만든다. 서로 너무 점잖아지고 혹여나 거절당해 자존심 상할까 봐 눈치 보느라 데이트도 답답해지기 쉽다. 나는 흐트러짐 없이 좋은 면만 보여주려고 정신 바짝 차리기보다, 다소 느슨한 분위기에서 진솔한 대화를 풀어나가는 게 더 낫다고 단언한다. 특히 만남 초기에 술이라도 같이 마시며 편안한 분위기를 형성할 수 있느냐가 관계 발전의 관건이 된다.

해서 술을 잘 못 마시는 사람이라도 연애 초기에는 조금 노력해 보면 어떨까. "저는 술 못 마셔요!" 하고 싹둑 자르지 말고 한두 잔 정도는 같이 마셔보는 식으로.

실제 내 주위에서 연애를 잘 못하는 사람들을 보면 술을 못 마시거나 싫어한다는 공통점이 있는 경우가 의외로 많다. 늘 또렷한 정신으로 이성을 만나니 대화도 딱딱하고 너무 이성적이어서 마음을 열고 가까워지기 힘든 게 아닐는지. 또렷한 정신으로 산다는 것이 일할 때는 생산적일지 몰라도 타인과 친해지거나 연애하는 데는 별로 도움이 되지 않는다고 생각한다.

중년에는 누군가를 만나는 일 자체가 생각보다 큰 용기를 필요로 한다. '이걸 꼭 해야 하나' 하며 불쑥불쑥 고개를 쳐드는 회의감과 싸우면서 이성을 만나는 것이 생각보다 피곤하다. 더욱이 서로 대면하면 쑥스러워지는 건 어쩔 수 없다. 그럴 때 좀 더 마음을 편안히 해줄, 이를테면 술과 같은 윤활유가 요긴해 보인다.

나는 남편과 처음 만난 날부터 함께 술을 마셨다. 적당히 들어간 술 몇 잔이 첫 만남의 서먹함을 날려주었다. 그 덕분에 긴장을 풀고 느슨해져서 낯선 이성과의 첫 데이트를 무난하게 마칠 수 있었다.

이후에도 우린 계속 식사를 하며 술을 곁들였다. 지나온 세월이 적지 않은 사람들이라, 술 한잔 들어가면 얘기가 끝이 없었다. 이때부터 우리는 '좋은 사람과 함께하는 음식과 술'이 곧 행복임을 어렴풋이나마 느꼈던 듯하다.

중년 연애는 청년 연애와 다르게 시작이 가장 큰 고비라 할 수 있다. 일단 서로 만날 기회가 적고, 만난다 해도 너무 점잖고 생각이 많거나 거절당해 자존심 상할까 봐 주저하느라 다가서지 못한다. 그럴 때 술이 둘의 관계를 이어주는 마법을 선사해 준다. 알싸한 술기운과 함께 그보다 더 알싸한 사랑이 성큼 다가올 수 있다.

라스베이거스에서
둘만의 결혼식을 올리려 했었다

벌써 여러 해가 지났지만 지금도 결혼식 생각을 하면 못내 아쉽다. 우리는 직계 가족과 친구 몇 명만을 초대해, 전주의 조그만 호텔 연회장에서 총인원 30여 명의 스몰 웨딩을 치르고 부부가 되었다.

사실 그것은 원래 우리 부부가 원했던 모습은 아니었다. 우리는 아무에게도 알리지 않은 채 미국 라스베이거스의 작은 교회에서 조용히 결혼식을 올리고, 그 결혼사진을 지인들에게 전격 투척하며 딱 한 구절로 결혼 소식을 전하려

했었다.

"Just married!"

얼마나 멋진 계획인가.

나는 LA 인근에서 3년을 살았기 때문에, 한국의 가족이나 친구가 오면 내 차에 태우고 4시간 정도를 달려 라스베이거스 스트립으로 가서 끄트머리 싼 호텔에 묵곤 했다. 그럴 때마다 라스베이거스 스트립의 화려한 5성급 베네시안 호텔을 올려다보며 언젠가는 사랑하는 남자와 여기서 꼭 묵고 말겠다는 생각도 했었다. 특히 라스베이거스에서 비밀 결혼식을 올린 스타들의 뉴스를 접할 때면 나도 어차피 나이 든 마당에 웨딩드레스 입고 일반 예식장에서 결혼하기는 싫으니, 저렇게 시크한 결혼식도 괜찮겠다고 막연히 생각했었다.

연애 시절 이 말을 꺼냈더니 남편이 반색하며 그러자고 덥석 미끼를 무는 것이 아닌가. 게다가 라스베이거스는 처음이라며 겸사겸사 가보고 싶으니 당장 추진하자는 통에,

함께 계획까지 세우기에 이르렀다. 계획을 세운다고 해봤자 내가 다 알아보는 것이고, 남편은 그저 비행기표 예매와 신용카드 정보만 알려주는 정도였지만.

5년 전 시점에서 인터넷 검색 결과, 라스베이거스의 아주 작은 교회들은 50만 원이 채 안 되는 돈으로 리무진 호텔 픽업과 교회 예식 서비스를 해주었다. 물론 이것은 가장 기본적인 예식, 그러니까 20분도 안 돼 끝나는 성혼 선언문 낭독 정도가 전부였기에 저렴했고, 좀 더 화려한 결혼식을 원할 경우는 가격이 올라간다. 서비스 종류도 다양해서 어떤 서비스를 원하느냐에 따라 웨딩비는 천차만별이었다.

내가 신청하려던 서비스는 긴 세단 리무진이 호텔로 와서 우릴 교회로 데려간 다음 주례와 직원 한 명 정도가 간단히 예식을 진행해 주는, 가장 기본형이었다. 결혼식에는 적어도 신랑과 신부 측 친구 각 한 명을 증인으로 대동해야 했는데, 마침 LA에 사는 남편 친구 부부가 흔쾌히 같이 가주겠다고 하여 결혼 계획이 구체화되었다.

한국에서 LA 공항으로 가서 렌터카를 빌린 다음 라스베이거스로 이동해 결혼식과 관광을 하고, 그랜드캐니언을 거쳐 하와이에서 신혼여행을 마치고 돌아오는, 실로 알차고 야무진 계획이었다. 예비신랑, 즉 남편은 매우 들떠서 비행기 탈 날만 학수고대하는 눈치였고 우리는 그렇게 라스베이거스식(?) 결혼식의 중년 주인공이 될 뻔했다.

그런데 미국 LA행 비행기표를 예매하고 라스베이거스의 작은 웨딩 채플, 즉 교회 예식장에 50만 원을 입금하려던 순간 요즘 말로 '현타(현실 자각 타임)'가 왔다.

그때는 우리가 만난 지 불과 반년 정도 지난 시기였다. 아직 그렇게 편하지 않은 애인을 데리고 내가 직접 렌터카를 운전해 라스베이거스로 간 다음, 결혼식장을 찾아가 흑인인지 백인인지 모를 결혼 주례 전문 상업 목사 앞에 서서, 잘 들리지 않는 영어 때문에 '웃픈' 실수를 하지 않으려 바짝 긴장한 채 예식 치를 생각을 하니 갑자기 아찔했다. 그리고 이후 자유여행도 내가 다 주도해서 실행해야 하는 것이다.

이게 진정 누구를 위한, 또 무엇을 위한 결혼식이란 말인가. 이런 생각이 몰려들면서 결혼 자체가 너무 피곤하게 느껴졌다. 내가 이렇게 부담 백배인 결혼을 하려고 라스베이거스 가려던 것은 아닌데…. 내 지난날의 로망에는 이런 구체적인 수고로움까지 계상된 건 아니었다. 결혼식을 온전히 내 수고로움으로 해낼 생각을 하니 정말이지 모두 그만두고 싶어졌다.

조금만 더 젊은 나이였다면 라스베이거스 결혼식을 기꺼이 강행했을지도 모른다. 어차피 신혼여행도 갈 겸 해서 라스베이거스 약식 결혼이 좋은 대안일 수 있으므로. 문제는 결혼식을 둘러싼 전반의 이벤트를 치르려면 보통 많은 에너지가 필요한 게 아니라는 점이다. 50이 된 내가 그 같은 에너지를 감당하기엔 버겁다는 사실을, 결혼 계획을 구체화하는 과정에서 깨달았다. 그렇잖아도 갱년기가 스멀스멀 다가오고 있던 터라 몸이 무척 피곤해지기 시작했다.

며칠을 고민한 끝에 나는 한껏 들떠 있던 남편에게 염치없지만 이 계획을 취소하자고 말했다. 도저히 부담돼서 못하겠다고, 중년인 우리가 감당하기엔 너무 피곤할 듯하다고. 그렇게 우리는 라스베이거스 결혼식을 접었고, 덕분에 항공권 등 몇몇 예약 취소 수수료를 지불하느라 100만 원 넘게 날리고 말았다.

그런 시행착오를 겪고 나서 우리는 최종적으로 몇 달 후 내가 사는 전주에서 작은 결혼식을 올렸던 것이다. 순백의 웨딩드레스도 입었음은 물론이다. 장단점이야 있겠지만 가뜩이나 긴장될 수밖에 없는 결혼식, 차라리 익숙한 곳에서 하는 것도 괜찮은 듯하다.

코로나 이후 작은 결혼식이 더욱 대세가 되고, 예비부부의 로망이 반영된 이색 결혼식도 많아졌다는 소식을 접할 때마다 5년 전 실행하지 못한 라스베이거스 결혼식이 생각나곤 한다. 라스베이거스에 가서 했더라면 더 좋았을까? 더 행복했을까? 알 수 없다. 행복했을 수도 있지만 아닐 수도 있다. 자칫 여행하다 피곤해져서 싸우고 안 좋은 상황이 되었을 수도 있을 것이다. 그때 우리는 서로가 마냥 편안한 관계도 아니었고 무엇보다 젊지 않아 피곤에 취약한 사람들이었으니….

모르는 미국인들 앞에서 결혼식을 올리진 않더라도 언젠가는 꼭 남편과 함께 라스베이거스에 가고 싶다. 웨딩비가 여전히 저렴하다면 리마인드 웨딩이라도 올려볼까.

로망을 현실로 만드는 것은 어쩌면 마음먹기 나름이다.

나는 비록 꿈꾸던 결혼식을 못 하고 말았지만, 더 나이 들기 전에 해보고 싶으면 그냥 저질러보라고 다른 중년들에게 말하고 싶다. 중년에도 결혼식은 소중한 이벤트이니까 말이다.

중년 신부도 웨딩드레스를
꼭 입어야 하는 이유

5년 전 결혼식 날, 나는 매우 쑥스럽지만 순백의 웨딩드레스를 입은 50세 신부였다.

당시 우리 결혼식은 양가 직계 가족과 친한 친구 몇 명만을 초대한 스몰 웨딩이었으나 드레스만큼은 제대로 갖춰 입었다. 예식조차 생략할까 고민하던 우리 부부가 호텔의 작은 연회장을 빌려 규모는 작아도 제대로 결혼식을 치르게 된 것은 주위 기혼자들의 권고를 수용한 결과로, 지금 생각해도 잘한 일 같다. 우리 나이도 나이이지만 무엇보다 남편이 재혼이기에 결혼 예식을 꺼렸던 것인데, 돌이켜 보면 왜 남들 눈을 의식하며 대충 하려고 했는지 싶다.

특히 나는 웨딩드레스 대신 그냥 흰색 계열의 기품 있는 원피스를 사 입고 결혼식장에 앉아 있으려 했으나, 친언니가 극구 말렸다. 나는 "이 나이 든 얼굴에 웨딩드레스가 어울리겠어?"라며 한사코 고집을 피우다 언니의 결정타 한 방에 항복 선언을 할 수밖에 없었다.

"네가 웨딩드레스를 안 입고 있으면 사람들이 널 신부의 어머니인 줄 알 거야."

언니의 그 말에 퍼뜩 상황 파악이 되었다. 그래, 나이 들어서 안 입으려고 한 것인데, 나이 들었으니 꼭 입어야 하는 것이었다!

어쨌거나 나는 언니의 정신이 번쩍 드는 충고 덕분에 보통의 신부처럼 순백의 웨딩드레스와 화관까지 갖추고 결혼식을 올렸다. 단순한 디자인이지만 절제된 화려함이 포인트인 웨딩드레스를 빌려서 입고, 과하지 않은 화관까지 쓰니 나쁘지 않았다. 중년의 나이에 웨딩드레스를 입고 하객들을 만나는 쑥스러움도 생각보다 견딜 만했다.

우리의 결혼식은 이렇게 보통의 스몰 웨딩처럼 소박하게 진행됐다. 다만 금요일 저녁 시간에 시작해 밤새도록 이어진 노래방 피로연과, 서울에서 와준 시댁 식구들 및 남편 친구 부부를 위해 마련한 1박 2일의 호텔 숙박 및 전주 한옥마을 관광 패키지가 일반 결혼식과 다르다면 다른 점이었다. 어르신들 몇 분을 제외하고 모두가 흥겹게 노래와 춤 실력을 뽐냈던 대형 노래방 룸의 기억이 지금도 눈에 선하다. 다들 어찌나 노래도 잘하고 잘 놀던지.

나이 들어 결혼한다고 해서 누구나 나처럼 작은 결혼식을 원하는 건 아닌 듯하다. 나와 비슷한 시기에 결혼한 내 주위 중년 커플들은 대부분 가족과 친지만을 초대해 작은 결혼식을 올렸지만, 예외도 있었다. 몇 달 전 54세에 결혼한 친구는 서울에서 가장 큰 결혼식장을 빌렸고, 1천 명에 가까운 하객이 참석했다고 한다. 중년의 신랑 신부는 웨딩드레스 대신 화려한 한복을 입고 결혼식을 올렸다. 그 커플도 우리처럼 신부는 초혼이고 신랑은 재혼인데, 평소 아는 사람들 모두에게 축복받는 결혼식을 꿈꿔왔던 모양이다. 이렇게 나이 들어 결혼을 해도 결혼식의 모습은 다양하다.

지금도 나는 거실에 떡하니 걸려 있는, 순백의 웨딩드레스를 입고 수줍게 미소 짓고 있는 결혼식 사진을 보면 절로 웃음이 나온다. 웨딩드레스를 입고 면사포 화관까지 쓰니 평소보다 훨씬 예뻐 보이고 나이도 덜 들어 보인다. 돌아보니 그때가 중년 이후 내 생애 가장 예뻤던 시기였다.

  중년의 결혼 예식 형태를 고민하는 사람이 있다면 꼭 웨딩드레스를 갖춰 입고 예식도 소박하게나마 제대로 하라고 말해 주고 싶다. 생각보다는 웨딩드레스가 잘 어울리며, 무엇보다 두고두고 결혼식 사진을 보는 맛이 쏠쏠하다. 한 번밖에 없는 내 결혼식에 왜 그리 나이를 의식했는지 모르겠다. 나이 의식하지 말고 자신이 꼭 하고 싶었던 것을 하는 게 나중에 후회하지 않는 지름길이다.

2장

중년 결혼,

이렇습니다

그대를 반평생
웃게 해줄게요

"그대의 연예인이 되어 평생을 웃게 해줄게요~." 싸이의 노래 〈연예인〉에 이런 가사가 나온다. 내가 10년만 젊었어도 결혼식 피로연에서 남편을 위해 이 곡을 불러줬을 것이다. 실제 요즘 춤이나 노래가 좀 되는 젊은 신랑들은 결혼식 이벤트로 직접 축가를 부른다는데, 세월이 야속하게도 나는 이제 그 긴 랩을 외워서 할 자신이 없어 포기하고 말았다.

그로부터 5년.

비록 〈연예인〉 노래는 아직도 못 부르지만, 그 가사처럼 "연기와 노래, 코미디까지 다" 해주면서 살고 있다. 집에서 노래방 마이크를 잡고 "모든 날, 모든 순간 함께해, 여보씨~" 하며 반쯤 풀린 눈으로 폴킴의 발라드도 불러주고, 〈쇼미더머니〉를 보다가 나오는 비트에 맞춰 아주 짧은 랩으로나마 사랑 고백도 한다(랩이라기보다는 거의 타령에 가깝지만). 한마디로 유일한 관객인 남편의 연예인이 되어 살고 있는 셈이다. 중년의 결혼 생활도 이렇게 얼마든지 재밌고 흥겨울 수 있다!

사실 에너지 떨어지는 중년 나이에 내가 재밌어 봐야 얼마나 재밌겠는가. 아마도 내 말에 많이 웃어주고 차진 리액션을 보여주는 남편 덕분에 그저 내가 가진 코미디 능력의 최대치가 발현되는 것일 게다.

정말 안 풀리던 20~30대 흑역사 시절을 관통하며 세파에 이리 치이고 저리 치이면서 그나마 잠재해 있던 나의 유머 감각은 '용불용설用不用說' 이론에 따라 거의 퇴화되다시피 했다. 한데 남편이 꺼져가던 불씨를 살려준 것이다.

혼자 오롯이 책상 앞에 앉아 엉덩이와 의자가 하나 되어야 가능할까 말까 한 공부의 세계에 늦깎이로 입문한 후, 나는 더욱 입 닫고 고립을 자처하면서 비판적 은둔형 성격으로 변해버렸다. 몇 년 전 MBTI와 에니어그램 성격 테스트를 다시 해봤는데 성격이 백팔십도 변했다고 나와 꽤나 충격을 받기도 했다. 아무튼 남편은 이처럼 화석화되던 내 유머 감각에 인공호흡을 해서 어느 정도 되살려 놓은 듯하다.

때론 남편이 청출어람의 경지를 보여주기도 한다. 노래방가서 노래하는 것을 극도로 싫어하고, TV 프로그램도 〈나는 자연인이다〉만 재방 삼방까지 보던 남편은 3년 전 〈쇼미더머니〉를 본방 사수하는 아내 탓에 강제로 힙합에 입문한 이후 두 해 연속 우승자를 맞히는 기염을 토했다. 방송 초기 아직 20명 이상 살아남았을 때 맞힌 것이니 남편의 학습 능력도 상당하다고 할 수 있다. 남편은 겉으로 보면 잔잔한 호수 같은 타입인데, 죽이 잘 맞는 아내와 살다 보니 잠재돼 있던 흥이 나오는 모양이다.

평상시 내 성격은 다소 까칠한 편이다. 하고 싶은 말 다 해야 하고 비판적 성향이어서 가끔씩은 사람들을 눈치 보게 만들고, 상처를 주기도 한다. 그런데 이런 내가 남편 앞에서는 정반대의 성격으로 탈바꿈하는 것이다.

이렇게 남편 앞에서만 심하게 업되는 '조증 아내'와 비상한 리액션의 '수다 유발자 남편'으로 구성된 우리 부부는 누가 돈을 줄 테니 해보라고 해도 못 할 이런 놀이로 주말이 행복하다. 그 덕에 눈가의 주름이 좀 더 깊어졌고 맥주 배가 좀 더, 아니 많이 나왔다.

만난 지 6년이 된 지금까지 우리 부부는 애정 전선의 탈선이나 느슨해짐 없이 행복한 시간을 보내고 있으며, 우리의 행복이 최우선임을 늘 상기하곤 한다. 아까운 시간을 오로지 행복하게 사는 일에만 써야 한다는 것에 서로 깊이 공감하고 이를 실천한다. 그래서 자주 여행도 가고 맛집 탐방도 한다. 한마디로 우리를 행복하게 해주는 일들을 주저 없이 실행하며 살고 있다.

사랑하는 사람과 사는 것은 나의 가장 좋은 모습을 끌어내기도 한다. 어느 날, 남편을 소개해 준 장본인이자 오랫동안 오빠처럼 친밀한 교분을 맺어온 Y 목사님이 애교 관련 이야기를 하다가 나에게 애교가 별로 없다는 말을 꺼냈다. 나는 펄쩍 뛰며 "무슨 소리, 저 애교의 화신이에요!"라고 반박했다. 마침 같이 있던 남편 역시 "맞아, 애교 정말 많은 사

람이야" 하고 인증을 해줬는데, 그 자리에 있던 지인 일동
이 "정말로?" 하며 믿지 못하겠다는 표정을 지었다.

그 순간 나는 알았다. 사회적으로 보이는 나와 남편에게
보이는 내가 전혀 다른 캐릭터라는 것을. 사랑하는 연인, 특
히 배우자에게 나타나는 내 자아와 사회적으로 나타나는
내 자아 중 어느 쪽이 진짜일까? 물론 남편에게 나타나는
내 자아가 실제의 나와 일치할 것이다. 자신과 잘 맞는 영혼
의 단짝과 함께 살다 보면 원래 존재했으나 인지하지 못해
숨어 있던 좋은 자아, 바람직한 자아가 점차 부정적 자아를
쫓아내고 그 자리를 차지한다.

남편을 만나고 비로소 내가 얼마나 괜찮은 사람인지, 얼
마나 흥겨운 사람인지 알게 되었다. 또 나 자신이 이렇게 애
교가 많은 사람인지 50 평생 모르고 살았다는 사실도 깨
달았다. 원래 애교가 많았는데 그동안 나를 온전히 알아주
고 사랑해 주는 이가 없어 발현이 안 되었을 뿐…. 남편이
6년 전 나에게로 와서 내 이름을 불러주었을 때 나는 원래
의 '애교 많은 꽃'이 된 것이다.

중년에 부부가 된다는 것은 제대로 알아봐 주는 사람을

만난다는 뜻이며, 그 알아봐 줌은 긴 세월 삶의 경험이 준 지혜와 융합해 서로에게 편안함과 감사한 일상을 선물한다.

중년 결혼은 단순히 장수 시대에 나머지 시간을 같이해 줄 적당한 생활 파트너를 찾는 차원이 아니다. 나이 들어 눈이 밝아진 둘이 쓸데없는 자존심 내려놓고 서로 마음껏 사랑해 주고 보듬어주는, 성숙한 인격체 대 인격체로서 만나는 것이다.

나는 이런 차원에서 중년 결혼, 만혼을 권장한다. 성숙해진 둘이 만나 아낌없이 사랑해 주면서 최선의 자신을 발견하게 해주는 만혼, 그것은 놀라운 성장 경험을 안겨준다. 행복감은 말할 것도 없고!

서로 눈치 안 보고
내 맘대로 산다

주말 아침 주방에서 딸그락거리는 소리에 잠을 깨었다. 다른 건 몰라도 삼시 세끼 먹을 계획에서는 철저히 '플랜 맨 Plan Man'인 남편이 역시나 어제 세워놓은 플랜대로 우유와 과일, 떡을 야무지게 챙겨서 아침을 먹는 소리다.

나는 평소 아침 식사를 하지 않고 수십 년 살아오기도 했고, 늦게 자고 늦게 일어나는 편이다 보니 남편의 아침 플랜에 맞추는 게 좀 힘들다. 신혼 2년 정도까지는 내려앉는 눈꺼풀을 뒤집으며 일어나 오로지 남편을 위해 아침 식사를 준비해 줬지만, 어느 순간부터 슬그머니 피곤이나 숙취를 핑계로 일어나지 않게 되었다. 그래도 2년 가까이 챙겨줬으니 기본은 한 게 아닐까라고 자기 합리화를 해본다.

지금도 신기한 것은 남편이 음식을 대하는 경건한 자세다. 남편은 음식만큼은 절대 남기면 안 된다며 음식 선택의 제1조건으로 '적당한 양'을 꼽는다. 제일 중요한 기준이 맛도 아니고, 지금 먹고 싶은가도 아니고, 남기지 않고 다 먹을 수 있는 양인가라니, 얼마나 독특한 사람인가!

그에 반해 나는 워낙 입이 짧아서, 맛없는 음식은 절대 못 먹는 아주 불편한 습성이 있기에 음식을 남기는 데 무감각한 편이다. 해서 우리 둘이 음식점에 가면 작은 실랑이가 벌어지곤 한다. 나는 남기는 부담과 상관없이 '지금 맛있어 보이는 것'을 시키려는 반면, 남편은 아무리 맛있어 보여도 둘이 먹기에 양이 좀 많다 싶으면 바로 양이 현저히 적은 메뉴(덜 맛있는)로 바꾸자고 재촉하기 때문이다.

문제는 집들이처럼 누군가를 초대해 음식을 대접하는 경우다. 집에 가족들을 초대한 어느 날, 남편의 성화에 밀려 넉넉히 사고 싶은 마음을 꾹 참은 결과 음식이 많이 모자라난감한 적도 있었다.

연애할 때나 결혼 초기엔 못마땅해도 남편의 이런 의견을 존중해 줬지만 지금은 남편이 너무 많다고 엉덩이를 들썩여도 "아 시끄러, 나 오늘 많이 먹을 거야" 하고는 알아서 시킨다. 물론 그 결말은 "당신 때문에 과식해서 배가 더부룩하다"는 남편의 투정과 음식이 조금 남는 것으로 끝날 때가 많지만.

결혼을 하면 구속받고 내 맘대로 못 하고 산다는데, 과연 중년의 결혼도 그럴까? 단 1프로도 그렇지 않다고 말할 수는 없으나 중년에 결혼한 커플에게 '구속'이라는 말은 어울리지 않아 보인다. 살던 대로 각자 알아서 살아가되 둘이어서 좋은 점들을 적당히 접목하기, 이것이 중년 부부의 모습인 듯하다.

중년에 결혼하는 경우 상대에 대한 지나친 관심이나 애착이 없고, 서로의 삶의 방식을 존중해 주는 관계가 가능하다.

"여보, 내 소중한 안식년이 절반 이상 가버렸는데 이대로는 안 되겠어. 나, 이탈리아 한 달 살기라도 해야 할 것 같아."

지난 가을, 나는 안식년을 맞아 생애 버킷리스트 중 하나였던 '이탈리아 일주 배낭여행'을 다녀왔다. 처음 20일은 혼자서 여행하고 나머지 10일은 남편과 함께 여행하며 대미를 장식했는데, 애당초 계획은 나 혼자 하는 한 달 여행이었다. 당시 비행기표를 끊기 전 남편과 의논하긴 했으나 이는 남편의 승낙이 필요해서라기보다 여행 계획이 어떤지 타진하는 정도의 의미였다. 남편이 안 된다고 말할 사람도 아니지만, 가지 말라고 해도 아마 갔을 것이다.

내가 가고 싶어서, 내가 계획 세워, 내가 모은 돈으로 가는데 왜 남편 눈치를 봐야 하는가. 위험한 일도 아니고 남편을 배신하는 행위도 아닌데? 그렇게 나는 미혼 시절 혼자 여행 다녔던 기억을 소환하며 20일간 나 홀로 이탈리아 일주 배낭여행을 마쳤다. 그리고 한 달이나 아내를 못 보면 안 된다며 여행 막판에 합류한 남편과 함께 10일을 덤으로 여행하고 돌아왔다.

남편은 아무래도 걱정이 안 될 수 없는 아내의 긴 배낭여행을 그저 묵묵히 존중해 주고 자기가 할 수 있는 선에서

지원해 준 것인데, 이는 남편에게도 좋은 일이었다. 남편은 지금도 TV 프로그램에서 우리가 갔던 이탈리아의 풍경이 나올 때마다 너무 좋아한다. 난생 처음 배낭을 메고 아내와 함께 이탈리아 이곳저곳을 자유롭게 찾아다닌 여행이 인생 최고의 여행이었다는 말도 잊지 않는다.

이처럼 결혼의 장점은 취하되 불필요하게 서로를 피곤하게 만드는 일을 최소화시키면, 중년에는 결혼해도 자유가 줄어들지 않는다. 서로를 구속할 마음도 체력도 없다 보니 그런 과정이 절로 이루어지기도 한다. 그저 서로 편안하게 내버려두는 것, 이게 바로 중년 관계의 특성이다.

상대를 이해하지 말고
그냥 외워버리세요

나이 들어 결혼하니 괜히 소모적으로 눈치 볼 필요도 없고, 하기 싫은 것은 굳이 안 해도 되어서 좋다.

특히 우리 같은 주말부부가 그런 이점이 더 많다. 평소엔 각자 싱글 시절처럼 서울과 전주에서 독립적으로 살다가 주말이면 데이트하는 기분으로 만난다. 한마디로 적당히 붙어 있고 적당히 떨어져 지내다 보니 결혼 생활이 연착륙될 뿐 아니라, 결혼 생활로 인한 피로감 또한 거의 없다. 중년 결혼을 염두에 둔 사람이라면 주말부부 형태도 고려해 보기 바란다. 우리 부부가 체험한 결과 혼자 사는 장점과 둘이 사는 장점이 극대화된 방식인 듯하다.

물론 주말부부라 해도 영원히 따로 살 수는 없고 언젠가 같이 살아야 할 것이다. 두 사람 중 누군가가 은퇴하면 자연스레 합가가 될 텐데 결혼 초기부터 그러는 게 나을지, 서로 익숙해진 후가 나을지에 대해 나는 후자를 지지하는 편이다. 중년이 되면 그동안 쌓였던 습관이 쉽게 변하지 않는데다 피곤한 일은 하고 싶지 않아지므로, 처음부터 같이 살며 피곤함을 감내하느니 주말에만 같이 살며 서서히 극복해 가는 게 낫다고 생각한다. 젊어서 결혼했다면 상황이 다르겠지만 나처럼 중년에 결혼한 경우 그렇다는 얘기다.

짧지 않은 세월 각자의 삶에서 굳어진 습성은 쉽게 바꿀 수 있는 게 아니다. 그러므로 되도록 '이해하려고' 노력할 필요 없이 그냥 '외워버리도록' 해야 한다. 어려울 것 같지만 해보면 또 된다. 그동안 먹은 나이가 있지 않은가. 사람을 이해하지 않고 그대로 외워버리는 것! 중년의 결혼 생활에 꼭 필요한 덕목이다. 이제 사람이 잘 변하지 않는다는 것쯤은 알기에 피차 괜한 잔소리는 하지 않는다. 서로 피곤할 일을 만들지 않고 사는 지혜는 나이가 준 선물이다.

개인의 성격이나 환경, 교육 수준에 따라 차이가 생길 수 있지만, 나이가 들면 대다수는 자신의 청춘 시절에 비해 확실히 지혜로워진다. 나이는 살아온 세월의 질량을 합한 것 이상으로 의미를 지니기 때문이다. 특히 통찰洞察이라는 능력이 부쩍 성장한다. 그래서 눈치가 빨해지고 쓸데없이 자존심을 세우다 나만 손해 볼 짓은 하지 않게 된다.

이젠 거의 조선 시대쯤으로 까마득한, 나의 20대 연애 시절을 생각해 보면 어찌 그리 많이 싸웠나 이해가 안 갈 지경이다. 맨날 나는 '지적질'하고 상대는 반항하는 식으로 도돌이표를 그리다가 비참하게 끝맺은 연애도 있었다.

나는 그때 왜 그렇게 지적질을 많이 했던가? 그러는 나는 완벽했나? 절대로 그랬을 리가 없다. 오히려 그 시절 나는 가시나무처럼 뽀족한 사람이었다. 온통 흑역사로 점철된 나의 젊은 시절 연애를 돌아보면 지금 이처럼 관대해진 것은 기적에 가깝다. 무수한 '홀로 서기'의 시간들 속에서 터득한 지혜와 감사의 미덕이 나를 변화시켰을 것이다. 그러고 보면 세상에 쓸모없이 소비되는 경험은 없는 것 같다.

모두 세월이 지나면 어느 만큼의 의미를 지니게 된다는 사실을 거듭 깨닫는다.

사랑하는 사람과 살면서 자존심이 무슨 소용 있을까 싶다. 자존심은 배우자에게 세우라고 있는 게 아니다. 정말 중요한 것은 요령껏 말로 설득해서 얻어내고, 그다지 중요하지 않은 것들은 포기해야 한다. 말해도 못 고치는 경우는 상대가 그만한 능력이 없어서이거나 또는 나와 성격이나 습관이 달라서일 뿐, 나를 우습게 알아서 그런 게 아니니 자존심을 끌어들일 필요가 없다. 자존심과 자존감은 다르다. 자존감 있는 사람은 상대의 어떤 반응에도 편안하게 대응한다. 괜한 자존심이 불쑥불쑥 튀어나오지 않는다.

우리 부부는 결혼을 하며 이렇게 약속했다. 정말 너무 거슬려서 우리 관계를 위협할 정도의 사안이라면 정식으로 얘기할 것, 그렇게 상대가 진지하게 요구해 오면 고칠 것, 혹시 노력해도 고치기 어려운 경우에는 대안적인 방식으로라도 노력하는 모습을 꼭 보여줄 것, 그 외 사소한 문제는 그냥 서로 봐줄 것.

그래서인지 우리는 결혼 후 크게 감정이 타들어 가는 일

없이 잘 지내고 있다. 물론 한 번도 안 싸우고 산 것은 아니다. 우리 관계에서 가장 어렵고 예민한 부분인 남편의 자녀 문제로 두 번 싸운 적이 있다. 그 일 이후 남편은 내가 원하던 그대로는 아니어도 내 입장을 꽤 반영해 변화된 행동을 보여주었고, 나 역시 경험해 보지 못한 부모 역할의 어려움을 생각해 자녀 문제는 되도록 건드리지 않기로 결심했다. 도움을 요청해 오면 내가 할 수 있는 만큼 성심성의껏 도와주되 일부러 나서지는 않기로 마음먹고 나니 편해졌다. 그런 마음이 될 수 있는 것도 중년이기에 가능한 듯싶다.

우리 부부 외에도 나이 들어 결혼한 커플의 경우는 비슷할 것이다. 나보다 한 살 많은 선배도 나와 비슷한 시기에 아홉 살 연상의 이혼남과 우여곡절 끝에 결혼했는데, 그들 부부도 우리 못지않게 편안하고 행복하게 산다. 나이가 주는 지혜가 결혼 생활의 어려움을 상당 부분 방어해 준다는 사실을 그 선배를 통해서도 실감한다. 이렇듯 적잖은 세월을 살아낸 중년들끼리의 결혼은 거의 대부분 좋은 결과로 나타난다.

예민한 여자와 둔감한 남자의
결혼 생활

"여보, 오늘 저녁 뭐 먹고 싶어?"

"당신이 먹고 싶은 거!"

"잉? 그럼 종류라도 말해 봐. 한식, 중식, 양식, 일식?"

"당신이 먹고 싶은 거 먹고 싶다니까~."

남편은 항상 이런 식이다. 얼핏 보면 아내에게 철저히 순종하는 듯하지만 실제로는 소소한 결정을 내릴 땐 웬만해선 머리를 쓰지 않는 소위 '귀차니스트'다. 그러면서도 내가 "당신도 가끔 머리 좀 써봐" 하고 옆구리를 쿡 찌르면, "똑

똑한 아내 두고 내가 왜 머리를 써?" 하고 냉큼 되받는 것을 보니 센스가 전혀 없는 사람은 아니다.

성질 급한 예민녀인 나와 같이 사는 남편은 느긋한 둔감 남이다. 내가 본능적으로 효율, 가성비부터 따지며 머리를 바삐 굴리는 반면 남편은 세월아 네월아, 잘되겠지 하며 낙관적으로 생각하는 타입이다.

성질 급한 사람하고 살면 곁에 있는 사람이 피곤하다는 것은 자명한 이치다. 나는 이 사실을 성장 과정에서 친정엄마를 통해 직접 체험했다. 예민하고 성질이 몹시 급한 엄마는 어디 여행이나 외갓집에 가는 날이면 기차 시간보다 2시간 정도 일찍 기차역에 도착해야 직성이 풀리는 사람이었다. 그런 날이면 꼭두새벽부터 일어나라고 닦달하는 통에 우리는 거의 잠도 못 자고 쫓기듯 나와야 했으며, 기차역에 쪼그리고 앉아 한없이 기다려야 했다. 그때마다 짜증이 나다 못해 이런 엄마와 결혼한 아빠가 불쌍하다는 생각마저 들었는데, 애석하게도 내가 어느 정도 그 성질을 물려받은 듯하다.

차이가 있다면 엄마는 태생이 부지런하나 빈약한 교육

으로 인해 다소 비합리적인 불안 성향의 성질 급함을 노출하는 반면, 나는 공부의 힘으로 많이 극복했으나 유전자에 각인된 불안이 불쑥불쑥 튀어나온다는 점, 그리고 빠른 사고에 비해 행동이 게을러 가끔 부조화가 나타난다는 점 정도다.

언젠가 인터넷으로 본 사주명리학의 내 사주팔자에 "가만히 있는 듯 보이지만 늘 머릿속이 분주한 사람"이라는 내용이 쓰여 있어서 흠칫 놀란 적이 있다. 그때까진 딱히 그런 특성을 인지하지 못하고 살았는데 그 글귀를 읽는 순간 맞는다는 확신이 들었다.

심지어 나는 자면서도 머리를 많이 굴린다. 선명한 총천연색 꿈을 종종 꾸는데, 예전엔 컬러 꿈을 꾸는 사람은 머리가 좋다는 낭설이 있었다. 그런데 어느 날 뇌 연구 전문가가 나와서 "컬러 꿈을 꾸는 사람은 딱히 머리가 좋아서가 아니라 자면서도 계속 머리를 쓰기 때문"이라고 설명하는 것을 듣고 고개를 끄덕였다. 〈인디아나 존스〉 저리 가라 할 만큼 화려한 액션 어드벤처 꿈을 꾸다 깨어나, '내 꿈을 녹화해서 영화사에 팔 수만 있으면 돈 좀 벌 텐데' 하며 아쉬

워한 적도 여러 번이다.

이처럼 예민하고 본능적으로 머리를 굴리는 나와 느긋한 남편이 결혼하고 보니 몇 가지 장단점이 존재한다.

먼저, 성질 급하고 예민한 나에게 아무래도 남편이 종종 맞춰줘야 한다. 때론 아내의 예민한 눈치를 따라가지 못해 타박을 받아도 참아줘야 한다. 때론 몸이 피곤한 아내가 아주 작은 일에도 예민해져서 짜증을 내더라도 동요하지 않고 적당히 처신하는 법을 익혀야 한다.

그런 반면 나는 무엇이나 주도적으로 알아서 계획하고 잘 실행하는 편이라, 남편은 그저 묻어가면 된다는 장점이 있다. 가족 행사 같은 것은 물론이고 여러 가지 주변 챙기는 일이나 우리 부부 여행 등 대부분의 일들을 내가 알아서 하므로 남편은 별로 신경 쓸 필요가 없다.

가끔 아내가 예민하다 싶은 경우 잠시 나가서 산책만 하고 오면 이미 아내는 사과할 준비가 되어 있다. 언젠가 남편에게 괜히 짜증을 내고 금세 미안하다고 사과한 적이 있는데, 남편이 "당신은 순간적으로 짜증낼 뿐 그게 오래 가지도 않고 금방 사과하니 괜찮다"라고 말해 주어서 안도했다.

한편 예민한 아내 입장에서 볼 때 둔감한 남편은 가끔 답답하다. 사실 심하게 답답하다기보다 내 성격에 비해 답답하다는 표현이 맞을 듯하지만. 어떤 때는 내가 심각해하며 의논을 하는데 너무 쉽게 "그럼 안 하면 되지", "그럼 전화해서 물어봐" 하는 식으로, 1초도 고민하지 않고 답변해서 짜증을 유발하기도 한다. 그래서 무심한 남편을 이렇게 채근할 때도 있다.

"내가 지금 그런 말을 하는 게 아니잖아? 어떤 게 최선일까, 가성비가 높을까를 고민하며 상의하는 거잖아?"

둘 사이에 무엇을 결정할 경우 내가 다 알아보고 리드하는 일이 때로는 좀 피곤하다. 그래서 남편에게 떠넘기고도 싶지만, 평소 호불호 없이 모두 좋다고 하는 남편의 특성을 감안할 때 못 미더워서 맡기지 못한다.

그 반면 남편은 언제나 느긋하고 긍정적이며 내 뜻대로 따라주기에 딱히 언쟁할 거리가 없는 게 장점이다. 특히 이런 성격의 최대 장점이 '지적질'을 안 한다는 것이다. 나라고 지적당할 일이 왜 없겠는가. 다만 남편이 예민하게 단점을 포착하지 못하는 측면도 있고, 설사 포착한다 해도 낙관적인 성격이라 별것 아니게 받아들인다. 웬만해선 지적도 안 하고 화도 잘 안 내다 보니 싸울 일이 거의 없고 같이 살기 참 편하다. 남편의 단점일 수도 있는 둔감한 성향이 예민한 내게는 좋은 점이 더 많다는 것을 살면서 거듭 느낀다.

한마디로 남편은 둔감해서 가끔 답답하지만, 둔감해서 우리 관계가 편안하기도 한 것이다. 그리고 남편에게 나는 예민해서 가끔 피곤하지만, 센스가 있어 자신이 간과하거나 잘 모르는 부분을 메꿔주는 사람인 것이다.

예민한 사람과 둔감한 사람이 같이 살면 이렇게 단점도 있으나 장점도 크다. 부부는 서로 같은 곳을 바라보며 서로의 빈 곳을 채워주는 관계라고 하지 않던가. 중년에 만난 우리는 서로의 빈 곳을 채워주며, 이러는 우리가 바로 천생연분이라고 자족하며 산다.

호르몬제와 전립선 약이
궁합이 맞는 중년 결혼

우리 부부가 요즘 매일 정성 들여 챙기는 약이 있다. 나는 여성 호르몬제, 남편은 전립선 영양제다.

결혼한 지 5년 좀 넘은 부부치고는 '웃픈' 현실로 비칠 수 있는데 우리는 그게 문제가 되지도, 창피하지도 않다. 처음 증상에 관한 얘기를 꺼낼 때만 조금 멋쩍은 정도였다. 이것도 술의 힘을 약간 빌리면 개그 소재처럼 희화화되기도 한다. 쉬쉬할 문제가 아니라는 말이다.

우리는 결혼하고 얼마 뒤 이런 내밀한 속사정을 공유했

다. 솔직히 나는 별 상관 없었지만 남편은 내심 여섯 살 어린 신부가 실망할까 봐 걱정했던 모양이다. 성기능 보조제도 시시때때로 복용하면서 자기 나름대로 노력했다고 한다.

'맞다, 내 남편도 한국 남자지!'

한국 남성들은 성에 대해 너무 민감하고, 여성들이 죄다 밤의 능력자를 기대할 것이라고 착각하는 경향이 있다. 소위 지성파인 남편도 예외는 아니었던 모양이다.

나는 당시 고해성사 보듯 고백하는 남편에게 전혀 걱정할 필요 없다고 말했다. 오랫동안 남자 없이 혼자서 편히 살아온 여자이고, 무엇보다 이젠 갱년기까지 시작됐으니 부담 안 가져도 된다고, 남편 등을 토닥거리며 격려해 준 것이다. 그 순간 보일 듯 말 듯 희미하게 미소 짓던 남편의 얼굴이 지금도 기억난다. 이후 남편은 아내의 샤워 소리에도 전혀 불안해하지 않는 눈치다.

사실 성이라는 것은 개인차가 큰 대표적인 문제 중의 하나다. 누구는 평생 섹스를 안 하고도 살 수 있는 반면 누구는 80대가 되어서도 자주 해야 한다. 2002년에 개봉한 다큐멘터리 영화 〈죽어도 좋아〉에는 80대 중후반의 실제 커플이 나온다. 그들은 거의 매일같이 성생활을 즐기며 20대 열정 커플 못지않은 왕성함을 뽐내 다소 충격을 안겨주었다. 당시로서는 파격적인 다큐멘터리였는데, 나는 노년학 전공자로서 매우 흥미진진하게 봤던 기억이 있다. 기혼인 내 친구들을 봐도 누구는 일주일에 세 번 관계하는 게 불만족스럽다고 말하고, 어떤 친구는 한 달에 한 번도 하기 싫다고 하며, 아예 안 하고 산 지 오래됐다는 친구도 있을 정도로 성 문제는 개인차가 정말 큰 것 같다.

이처럼 성은 편차가 커서 단언하기 애매한 소지가 있으나, 나는 '보편적' 혹은 '다수의 경우'라는 전제하에 중년에는 성생활이 그다지 이슈가 안 된다는 사실을 조심스럽게 말하고 싶다. 중년 이후엔 서로 기댈 만한 친구이자 같이 살기 편한 룸메이트가 필요한 것이지 성욕 충족 대상으로서 배우자의 필요성은 줄어든다.

점차 가속화되는 노화 현상이 성적 능력을 비켜갈 리 만무하다. 특히 여성의 경우 완경完經과 함께 오는 갱년기라는 큰 도전이 성적 욕구를 거의 무력화시킨다. 해서 중년 남성들은 초라해진 성기능 때문에 주눅 들 필요 없고, 여성들은 결혼 상대로서 남성을 고를 때 섹슈얼리티를 넘어 룸메이트 개념으로 접근하게 되는 것이다.

나는 남편과 처음 만난 49세 때 갱년기가 이미 시작됐다. 그리고 간헐적으로 오던 갱년기 증상이 결혼하고 2년 정도 됐을 무렵 매우 심해져서 밤낮으로 시도 때도 없이 열감이 느껴지고 불면증까지 생겼다. 홍조 띤 얼굴에, 수시로 흘러내리는 땀과 사투를 벌이는 중년이 되고 보니 성욕이라는 것이 뭐였나 싶을 정도로 자취를 감췄다.

'이럴 수가! 결혼하자마자 갱년기라니!'

씁쓸하게 탄식했던 당시의 내가 떠오른다.

이런 증상은 숨기기도 힘들 뿐더러 굳이 숨길 이유도 없었다. 결혼 초기 나는 술 몇 잔 마신 날 남편에게 고백했다.

"오빠 미안해, 결혼하자마자 나는 갱년기가 왔네?"

그랬더니 남편 왈.

"난 전립선 약을 먹은 지 좀 됐어."

우리와 비슷한 중년 커플이 적지 않을 듯싶다. TV 광고에 여성 갱년기 호르몬제나 남성 전립선 영양제가 수시로 등장하는 걸 보면 말이다.

중년 남성들은 약화된 성기능에 신경 쓰는 대신 여성과 소통하고 공감하는 데 좀 더 집중하고, 여성들은 매력이 다소 덜하게 된 자신의 외모에 연연하기보다는 포용적이고 완숙한 인간이 되는 데 좀 더 집중하면 좋겠다.

중년이 되면, 나이가 들면, 여자나 남자나 다 비슷해진다. 우리 모두 공감과 위로가 필요한, 가엾은 인간들일 뿐이다.

초혼녀와 재혼남의 결혼 생활,
그것을 알려주마

"40대 이상 미혼 여성분, 결혼 시장에서 이렇습니다." 제목만 봐도 부정적 뉘앙스가 느껴지는 유튜브 영상을 무심코 누르고 시청했다. 한 결혼 정보업체 중견 커플매니저가 올린 것인데, 정말 간만에 이런 유의 영상을 본 소감은 '세상이 하나도 바뀌지 않았구나'였다. 비혼, 만혼이 시대적 화두가 되고 평균 초혼 연령이 30대가 된 지 꽤 지났어도 결혼 시장에서 나이 든 여성의 지위는 그대로인 것이다.

결혼 정보업체 커플매니저들은 하나같이 40대 여성과

40대 남성은 결혼 시장에서 전혀 다른 신분이라며, 남성은 40세가 넘어도 경제력만 있으면 무한대로 매칭할 여성이 존재하지만 40세 넘은 여성은 아무리 잘났어도 미혼 남성만 고집할 경우 매칭 상대가 없어 횟수 제한이 걸리며 성사 확률도 매우 낮다고 강조한다. 그러면서 확신에 찬 어조로 재혼 남성을 고려해야 한다고 훈계하듯 말한다.

그리고 능력 있는 40대 남성들이 40세 미만의 여성들을 고집하는 이유가 외모적 매력과 출산 능력 때문이란다. 40이 넘어서도 자식을 낳고 싶은 남성들이 그렇게 많은지 궁금할 따름이다.

까칠한 미혼남보다 자상한 재혼남이 낫다

나는 50에 결혼을 처음 했지만 남편은 재혼이다. 재혼남을 특별히 선호한 것은 아니나 사실 오래전부터 미혼남보다 차라리 재혼남이 나을 듯하다고 생각했다. 다만 자녀 여부와 그 자녀의 나이가 현실적 문제여서 쉬운 결정은 아니라고 여겼지만 말이다.

이렇게 재혼남을 고려하게 된 계기는 내 나이에 대한 현실적 인식도 있었지만, 무엇보다 40대 초반에 했던 미혼 남성들과의 몇 차례 소개팅 때문이었다. 그때 소개받았던 40대 미혼남들, 즉 나와 나이 차 별로 안 나고 직업 괜찮고 외모도 괜찮았던 이들은 하나같이 결혼에 대한 열의가 없었을 뿐 아니라 선보러 나온 여성에 대한 예의 자체가 없었다. 언젠가 남편에게 선본 얘기를 했더니 남편이 너무 재수 없는 인간들만 만난 것 같다며 더 분개했을 정도로 그 시절 소개팅에 대한 기억은 정말 좋지 않았다.

그런데 이런 소개팅 후기가 나만의 이야기는 아니었다. 내가 좀 더 최악의 케이스이긴 했지만 나보다 몇 살 어린 후배들도 사정은 비슷했다. 모두 선을 보면 볼수록 자존감이 팍팍 낮아지는 경험을 했던 것이다. 그때 우리 '노처녀'들은 알았다. 직업 괜찮은 '노총각'들이 결혼하지 못한 이유를….

그로부터 7~8년이 흐른 지금, 당시 내 얘기에 공감하던 미혼 선후배들 중 반 이상이 결혼해서 잘 살고 있다. 한 후배는 영어를 가르쳐주던 연하의 외국인 미혼남과 결혼했고, 또 한 후배는 직장 동료가 가볍게 술자리에 불러내 소개해 준 이혼남과, 그리고 나보다 한 살 위 선배는 지인이 소개해 준 이혼남과 결혼했다. 특히 후배 두 명은 40대 초반에 결혼해서도 아이를 낳고 그네들이 꿈꾸던 가정을 이루어가는 중이다.

이혼남과 결혼한 선배는 그동안 가정을 이루면 하고 싶었던 것들을 하나하나 목록으로 만들어 같이 실행하면서 누가 봐도 부러워할 만큼 행복한 결혼 생활을 하고 있다. 늦은 나이에 엄마가 되어 육아의 고개를 힘겹게 넘고 있는 후배들 역시 가끔 안부 전화에서 육아가 힘들다며 이러저러한 푸념을 늘어놓다가도 늘 이렇게 끝을 맺곤 한다. "그래도 결혼한 것은 잘한 일 같아", "결혼할 때의 초심을 떠올리며 감사하며 살고 있어" 등등.

이처럼 내 주변에는 나와 같이 여성은 초혼이고 남성은 재혼인 사례가 여럿 있다. 모두 비슷한 시기에 결혼한 것도 신기한데, 다들 결혼 전보다 삶의 만족도도 높아졌고 행복해한다.

내가 결혼 전에 접했던 인터넷 커뮤니티의 글들, 주위 사람들의 '카더라' 통신에서는 재혼남과의 결혼을 우려하는 논조가 가득했다. 이혼남은 이혼한 이유가 분명 있어서 힘들다는 둥, 사별남은 사별한 아내를 그리워하기에 재혼한 아내에게 정을 쉽게 못 붙인다는 둥 근거 없는 정보가 넘쳐흘렀다. 특히 자식 있는 재혼남은 아이들 때문에 결코 둘이 행복해질 수 없다는 식의 글들로 도배돼 있다시피 했다.

실제 경험자로서 내가 내린 결론은 재혼남과의 결혼은 우려할 만한 문제보다 좋은 점이 더 많다는 것이다. 아니 더 정확하게는, 총각이 아니기에 자식이 존재한다는 단점이 있으나 총각이 가지지 못한 좋은 면이 그 단점을 극복하고도 남음이 있다는 것이다. 물론 중년을 전제로 할 때 그렇다는 말이다.

결혼 생활을 하고 자식을 키우면서 삶의 크고 작은 파고를 넘어온 재혼남의 연륜은 결혼 생활 중 발생하는 일상적인 문제에도 잘 대처하게 하고, 무엇보다 아내의 눈치를 보며 적당히 시선을 맞출 줄 아는 내공도 갖게 하는 듯하다. 아마 이전의 결혼 생활이 그들에게 돈 주고도 못 사는 값진 교훈으로 자리 잡았을 확률이 높다.

자녀 문제라는 큰 산에도 불구하고

다만 배우자의 자녀는 현실적인 문제가 되기도 한다. 중년에 결혼해 그 자녀와 같이 살며 한 가족이 되어가는 것은 쉽지 않은 일임이 분명하다. 특히 초혼인 아내가 어린 자녀를 돌봐줘야 하는 엄마 역할을 갑작스럽게 부여받는다면, 웬만큼 내공이 쌓인 여성이 아니고서는 어려움이 따를 듯하다.

내 주위의 만혼 사례는 남편의 자녀들과 같이 살지 않는다는 공통점이 있어 보다 수월하게 결혼 생활에 안착했을 가능성이 높다. 사실 자녀 문제만 없다면 중년 재혼자와의 결혼을 굳이 망설일 이유가 없지 않은가.

자녀라는 큰 산이 있을 경우 부부 사이에 더 돈독한 애정과 연대가 필요해 보인다. 가정을 이루고 비교 불가능한 충만감이 느껴져야 이런 장애물을 극복하고 행복한 삶을 누릴 수 있을 것이다.

나 역시 자녀 문제로 결혼 생활이 도전처럼 느껴지는 면이 없지 않았다. 결혼 생활 초기에 크게 두 번 싸운 적이 있는데 모두 자녀 문제 때문이었다. 그 두 번의 싸움 이후 나는 결심했다. 남편의 자녀 문제는 남편이 알아서 하도록 하고, 나는 불필요한 신경을 쓰지 않는 것으로!

또한 자녀와 관련한 현실적인 사안 중 하나가 남편의 소득이나 재산에 대한 분할 문제인데, 실제 주위에서도 이 문제를 조심스레 물어보기도 한다. 자녀 문제라는 게 계획을 세운다고 그대로 진행될지 어떨지 알 수 없는 소지가 많아 사실 단언하기 어렵다. 그럼에도 자녀가 있는 재혼자라면 미리 이에 대한 원칙을 세우고 실천하는 노력을 보여주는 것이 매우 중요할 듯싶다.

결혼 전 남편은 내가 먼저 묻기 전에 자신의 재산 중 자녀에게 지불되거나 상속될 재산의 규모와 한도를 말해 주었다. 그와 동시에 우리 부부의 안온한 생활을 위해 필요한 자금 규모를 제시하면서 자신이 어느 정도 준비를 마친 상태이며, 이 부분은 어떤 상황에서도 자녀나 원가족들을 위해 쓰이지 않을 것임을 강조했다. 초혼인 나를 배려해 일부러 해준 말일 텐데, 우리처럼 자녀가 있는 재혼인 경우 결혼 전에 꼭 나눠야 할 대화라고 생각한다.

우리는 결혼 후 지금까지 각자 소득을 관리하며 살고 있다. 주말부부라서 평일엔 서로 떨어져 지내는데, 서울 근교 남편 집 관련 일은 남편이 알아서 처리하고 전주 집은 내가 알아서 처리하되, 아무래도 전주 집이 우리 부부의 주말 근거지라서 남편이 생활비를 일정 금액 보조해 준다. 그리고 나는 가끔씩 시댁 식구들을 위해 인색하지 않게 내 돈을 쓰는 정도로 소득 공유를 하는 셈이다.

한쪽이 자녀가 있거나 둘 다 자녀가 있는 경우 우리처럼 각자 소득을 관리하는 게 여러모로 편할 듯하다. 가정을 위해 필요한 만큼 같이 해결하되 자세한 입출금은 서로 알려고 하지 않는 게 좋다고 본다. 한마디로 서로 신경 써줘야 할 일과 각자 알아서 하도록 '무관심해야 할 일'을 구분 짓는 지혜가 필요하다는 말이다.

결혼 후 5년, 지금 아이들과 나의 관계는 마치 사이좋은 친척 정도의 느낌인 듯하다. 가족 채팅방을 통해 소통하며 서로를 응원하되 심리적 경계는 어느 정도 유지하고 있다. 무리하지 않고 가끔씩 만나 우리의 간격을 조금씩 좁히며 천천히 가족공동체가 되어가는 중이다.

이처럼 자녀가 있는 재혼남과의 결혼은 애로 사항이 존재하지만 재혼남이 그 어려움을 커버하고도 남을 만큼 자애롭고 넉넉한 품으로 초혼인 아내를 감싸주기에, 자녀가 있다는 단점은 그다지 우려할 만한 문제가 아닐 수도 있다.

세상에 완벽한 것은 없음을 기억한다면, 그리고 모든 걸 다 가질 수는 없음을 수용하는 성숙한 중년이라면 재혼남과의 결혼도 좋은 대안이라고 말하고 싶다. 행복은 쌍둥이로 태어났다는 말을 기억한다면 더욱 그렇다.

전지적 아내 시점으로 바라본
남편의 재혼 적응기

남편은 징후조차 없던 갑작스러운 이별로 인해 싱글이 된 후 나와 재혼했다. 신기하게도 내 주위엔 이혼한 사람은 몇 명 있지만 사별한 경우가 없는 반면, 마당발인 남편 주위에는 그 흔한 이혼 커플은 전혀 없으나 사별한 친구들이 네 명이나 있다. 60세라는, 남편의 적잖은 나이를 감안해도 여성의 평균 수명이 87세인 요즘 현실에서 다소 특이하다면 특이한 일이다.

남편은 애도 기간을 거치고 나서 마침내 재혼을 결심한

뒤 주변에 재혼 의사를 당당히 알렸으며, 얼마 되지 않아 나를 소개받아 비교적 쉽게 재혼에 성공했다.

다만 나를 만나기 전 홀로 살던 기간 동안 불면증이 생겼고, 장기의 일부를 떼어내는 수술도 받았으며, 별것 아닌 운동을 하다 목 주변이 두 번이나 골절돼 몇 달 동안 깁스를 하는 등 병치레가 잦았다고 한다.

어쩌면 남편은 '살기 위해' 재혼을 결심했는지도 모른다. 살기 위해…. 그리고 살기 위해서는 불행감을 떨쳐내고 '행복하게' 살아야 했기에 새로운 사랑이 절실했으리라.

남편도 재혼은 처음이라

우리가 비교적 쉽게 결혼에 골인했다고 해도 초혼과 재혼의 온도 차는 어쩔 수 없었다. 특히 결혼 경력자(?)인 남편도 재혼이란 사실을 간과하여 그 특수 상황에 대한 이해가 부족했던 것이다. 아마 '재혼은 처음이라' 그랬던 모양이다.

남편의 재혼 무경력은 신혼여행을 설계하는 시점부터 영향을 미쳤다. 남편이 줄곧 부탁한 내용이 있었으니, 그것은 신혼여행을 아이 둘 포함해서 넷이 같이 가자는 거였다.

나는 이미 남편과 해외여행을 다녀와서 딱히 둘만의 신혼여행에 대한 로망이 크지 않았고, 무엇보다 남편이 "이것만은 꼭 해달라"는 투로 비장하게 요청한 것이라 고민할 여지도 없이 받아들였다. 우리 넷은 그렇게 결혼식 이틀 후 3박 4일간 괌으로 신혼여행 아닌, 가족 여행을 다녀왔다. 그런데 하마터면 그 여행이 마지막 이별 여행이 될 뻔했다.

남편에겐 당시 20대 초·중반의 대학생 딸과 아들이 있었다. 아직 학업을 마치지 않아 부모의 보살핌이 여러모로 필요한 상황이었다. 이런 아이들에게 엄마와의 갑작스러운 이별과, 또 몇 년 안 돼 맞닥뜨리게 된 아빠의 재혼 소식은 분명 반갑지 않았으리라. 완전한 성인이 아니기에 더욱 쉽지 않은, 낯선 아줌마와의 여행은 마치 억지로 해야 하는 숙제처럼 마뜩잖은 일이었음을 짐작하고도 남는다.

누가 봐도 무리인 여행이었다. 결혼식 전에 만났던 남편의 지인들조차 경악을 금치 못하며 한사코 만류했다. 그런 여행은 신부한테도, 아이들에게도 고문이 될 것이란 표현까지 써가면서. 한데 평소 자기주장이 강하지 않던 남편이 이 문제만큼은 물러서지 않고 고집을 부려 실행하고야 말았다.

"당신과 애들이 빨리 친해지려면 같이 여행을 다녀와야
해!"

이것이 남편의 철벽같은 소신이었다. 무슨 또래 친구를
사귀는 여행도 아니고, 그 짧은 여행으로 없었던 가족애가
갑자기 생길 리 만무하건만 '재혼 무식자'인 남편은 해외여
행 며칠 다녀오면 우리 셋(나와 아이들)이 좀 더 빨리 친해질
줄 알았던 것이다. 아직 엄마 잃은 상처도 채 아물지 않은
자녀들과 아이를 낳아본 적조차 없는 초혼 아내가 그리 쉽
게 어우렁더우렁 친해지겠는가.

여행이 다소 꼬이기 시작한 것은 호텔에 도착하고부터였
다. 밤에 잠이라도 좀 따로 편히 자야 하는데 하필 방 두 개
가 연결된 가족 룸을 배정받은 것이다. 나는 두 방 사이를
자유롭게 왔다 갔다 하는 남편과 아이들 때문에 불편하기
짝이 없었지만 그래도 마음에 '참을 인忍' 자를 새기며 참았
다. 주변에서 너무 걱정해 준 덕분인지, 나도 '이번 여행은
애들과 친해지는 데 방점이 있으니 참고 노력하자'고 단단
히 마음을 먹고 갔던 터라 그럭저럭 넘어갈 수 있었다.

50, 이제 결혼합니다

지인들이 우려했던 것만큼 스트레스를 받진 않았으나 그렇다고 여행이 즐거웠다는 의미는 아니다. 아이들과 함께하는 가족 여행이 대부분 그렇듯 여행은 아이들 위주로 흘러갔다. 먹을 것이며 액티비티며 아이들의 취향에 맞게 설계됐고 나는 그저 눈치 보며 따라다니는 식이었다.

그렇게 처음 며칠을 아이들과 함께 지내다 보니 비로소 재혼 가정으로 시집 온 여성이 맞닥뜨리는 현실이 무엇인지 실감했다. 남편과 아이들은 세상 누구보다도 끈끈하게 혈연으로 이어진 관계이고 20여 년 동안 켜켜이 쌓인 이야깃거리가 넘치는 데 반해, 나는 이 세계에 새롭게 진입한 초심자라서 공유할 이야기가 별로 없다. 자연 화제는 셋만 아는 얘기로 한정되어, 깔깔거리며 웃는 그들 가운데서 나는 종종 이질감 내지 소외감을 느꼈다. 남편이 가끔 눈치를 보며 신경 쓰긴 했지만 대부분의 시간은 셋의 대화에 내가 어정쩡하게 동참하는 식이었으니 그다지 즐거울 리 없었다.

여행을 별 탈 없이 마쳤다는 안도감에 방심해서일까. 귀국한 다음 날, 남편과 만난 후 처음으로 한바탕 싸웠다. 발단이 된 사건 자체는 별것 아니었다. 그러나 여행 기간 내내 누적된 스트레스와, 재혼 가정에 뛰어든 내가 앞으로 처할지도 모를 달갑지 않은 현실에 대한 과도한 우려가 결합해 마침내 폭발한 것이다. 신혼여행 하다 헤어지는 커플도 있다던데 내가 그 주인공이 될 뻔했다.

자식을 키워보지 않은 나는 경험에서 우러난 통찰적 판단보다는 다분히 교과서적으로 판단하거나, 가족이나 친구들의 사례를 통해 간접적·피상적으로 판단할 수밖에 없다. 그런 내 기준에서 마뜩잖은 부분이 보이기 시작한 것이다. 한마디로 그들 세 사람에게는 당연한 것들이 내게는 이상해 보이고, 그들에게는 일상적인 행동이 내게는 거슬리는 일이 될 수도 있는…. 이것이 하나의 독립된 가정에, 주변인이 아닌 주인공 역할로 편입된 타인이 마주해야 하는 현실이었다.

큰 싸움으로 번진 우리의 신혼여행 마무리는 남편이 다음 날 내가 있는 전주 집으로 내려와서 사과하고, 앞으로 고쳐나가겠다고 약속하는 것으로 수습되었다. 무심코 되풀이되어 오던 관계의 방식이 다른 이와 공존하려면 개선될 필요도 있음을 남편 역시 호되게 깨달으며 학습했으리라.

딸아이도 내게 전화해서 죄송하다고 말해 주니 오히려 내가 더 미안한 마음이 들기도 했다. '저 아이 입장에서는 그저 친엄마가 있었으면 이처럼 낯선 만남을 겪지 않고 좋았을 텐데' 하는 생각에 안쓰러웠다.

이렇게 재혼 가정은 분명 재혼 가정만의 독특한 면이 있는 게 사실이다.

기존 가족들만의 세계를 인정하는 지혜

이와 관련하여 내가 성찰한 점이라면, 내 경우 자꾸 초혼자의 입장에서 어린 아가씨처럼 남편과 자녀들 문제를 미성숙하게 바라보려는 자세를 경계해야 한다는 것이다. 그리고 남편은 아내에게 아이들이란 존재는 어느 정도 세월이 흐르기 전까지 타인 아닌 타인인, 어려운 상대임을 알아야 한다. 아이들도 이 변화를 진실로 받아들이고, 스스로 편안하고 성숙한 상태가 되려면 어쩔 수 없이 시간이 필요함을 기억할 필요가 있다.

그래서일까? 결혼 전후 아이들과의 관계에 대해 조언을 구했을 때 주위의 결혼한 지인들은 모두 거리를 유지하고 살라고 말했다. 아이들부터 나랑 자주 소통하고 어울리는 것을 어려워할 거라고, 그저 아이들 문제는 애들 아빠한테 맡기고 나는 우리 부부의 행복에만 집중하고 살라는 조언이었는데, 5년이 지나고 보니 기본적으로는 맞는 말인 듯하다.

다행히 몇 년의 세월이 흐르는 동안 아이들도 부쩍 성장했다. 우리 넷은 가끔씩 만나 같이 술잔을 기울이며 웃고 울었으며, 서로의 소식에 누구보다 더 기뻐하고 공감해 주는 사이로 조금씩 뿌리내리고 있다.

이처럼 우여곡절이 없진 않았어도 더 이상의 큰 도전 없이 우리 가족은 결혼 초보다 훨씬 포용적인 공동체가 되었다. 남편도 나와 자녀들 사이에서 섣부른 조급함 없이 적당히 내게 알릴 것은 알리고, 본인이 알아서 처리할 것은 처리하며 조화롭게 사는 듯하다. 나도 굳이 남편이 말하지 않은 것을 애써서 캐묻지 않는다. 우리에게, 그리고 아이들에게 정말 중요한 사안은 꼭 상의하기로 한 약속을 믿고, 나를 만나기 전 그들이 구축했던 세계도 존중해 주려는 것이다.

"여보, 성님 성묘 갈 때 이것 가지고 다녀요~."

어느 날 내가 깜찍한 휴대용 제기 세트를 인터넷으로 구매해, 남편의 첫 번째 아내 성묘 갈 때 쓰라며 덧붙인 말이다. 웃기려고 '성님'이라고 표현한 건데, 남편이 현 아내의 기습 공격(?)에 다소 당황스러워하면서도 "고마워, 잘 가지고 다닐게" 하며 좋아한다.

실은 명절에 남편과 같이 그분의 야외 납골당에 가서 예 올리는 것을 여러 번 도와준 적이 있다. 이왕이면 제대로 된 제기 세트에 예쁘게 담으면 좋겠다는 생각이 들어 선물한 것이다. 처음 그분의 영정 사진을 접했을 때는 다소 마음이 철렁하기도 했으나 지금은 인간적으로 짠하고 안쓰러울 뿐이다.

생은 어쩌면 '행복함'과 '그리 행복하지 않음' 사이를 오가며 사는 것일 터. 그 진실 앞에 나 역시 예외가 아니므로 섣불리 환호하거나 좌절하지 않으려 한다. 결혼 생활도 마찬가지일 것이다. 지금까지는 행복이 대부분을 차지했지만, 이것이 생애 내내 지속되리라 장담할 수 없다는 것쯤은 안다.

다만 이렇게 다짐해 본다. '바로 지금', 내가 붙박고 있는 '여기'에서 누리는 이 행복에 눈뜨고 늘 생생하게 느끼며 살아가겠노라고.

중년에 결혼하면
이래서 좋습니다

늦게 결혼하고 보니 건조하고 잔잔했던 일상에 작은 변화가 생겼다. 엄청난 변화 정도는 아니다. 좋은 점도 있고 안좋은 점도 있다, 세상 모든 일이 그렇듯.

짧지 않은 세월 살고 나서 얻은 교훈 중 하나는 세상에 완벽히 좋은 일도, 완벽히 나쁜 일도 없다는 것이다. 좋은 일, 성취한 것이라 생각했던 일이 머잖아 가장 잘못한 일이 된 적도 있고, 실패해서 눈물 콧물 쥐어짠 일이 몇 년 안 돼 행운의 사건으로 연결된 적도 있다. 직업을 선택할 때도 그랬고 연애도 그랬다. 크고 작은 인생사에 일희일비할 필요가 없다는 진리를 20대에 깨달았다면 얼마나 좋았을까! 이제라도 사소한 것에 그리 흔들리지 않게 된 건 수많은 실패와 몇 번의 성공 덕분이다. 이 나이가 된 것이 참 고맙다.

지천명知天命에 결혼했으나 사실 난 하늘의 뜻을 알기는 커녕 사소한 결혼 생활의 기술도 잘 몰랐다. 주부들이면 다 아는 내용을 '그런 거였어?' 하고 놀란 적도 많다. 세상에서 없어져야 할 격언들 중 하나가 "50이 되면 천명을 안다"는 식의 말이다. 예전에는 맞는 얘기였을지 몰라도 수명이 길어진 지금엔 정말 맞지 않아 보인다.

결혼하고 보니 49세까지 오로지 자신만 생각하며 살아온 내가 이제는 나 말고도 타인을 일란성 쌍둥이처럼 동시에 생각하게 되었다. 언제나, 무엇을 하거나, 나와 남편을 동시에 고려하고 판단하는 것이다.

그렇다고 "결혼하면 여성은 희생해야 한다"느니, "내가 없어지고 가족만 남는다"느니 하는 표현은 다소 과장된 듯하다. 적어도 나이 들어 결혼한 경우엔. 자기 스스로 후회할 일은 알아서 안 하고, 남보다 내가 더 중요하다는 사실쯤은

50, 이제 결혼합니다

아는 나이 아닌가. 누가 시키지도 않은 일을 착한 여자 콤플렉스 때문에 앞장서서 해놓고, 결혼은 희생이니 뭐니 신파를 찍지는 않았으면 한다.

중년에 결혼하고 좋아진 점은 일단 사회생활하면서 동료들과 나누는 대화가 편해졌다는 것이다. 얼굴로 나타나는 나이 때문에 당연히 결혼하고 자녀가 있다고 전제하기 쉬운 분위기에서 "전 미혼이라서요"라는 말을 '안 해도' 된다는 건 여러모로 편리하다. 40대 이상 미혼자라면 누구나 공감하는 얘기일 터. 미혼이라는 말이 뭔가 분위기를 싸하게 만드는 것 같고, 굳이 그 말을 해야 하나 싶어 몹시 불편할 때가 많았는데 이제는 그런 고민을 할 필요가 없어서 좋다.

결혼해서 가장 좋은 점은 무엇보다 주말에 외롭지 않다는 것이다. 결혼 전 혼자 산 오랜 기간, 주말은 일을 안 한다는 의미 외에 좋은 게 별로 없었다. 어느 순간부터 주말이면 더 외로워져서 사회적 고립감마저 느꼈다. 소망하던 직업적 성취를 이루었어도 주말을 같이 보낼 사람이 없다는 사실은 성취의 의미를 퇴색시킴은 물론 삶의 질까지 저하시켜,

결과적으로 내 행복의 수준을 현저히 떨어뜨렸다.

결혼하고 나니 집에서 혼자 심심하고 배고프게 주말을 보내지 않아도 된다. 특히 상시 나와 같이 밥을 먹어줄 '밥 동무'가 생겼다는 것은 생각보다 훨씬 큰 결혼의 효용이다.

일단 남편이 기본으로 옆에 있어주니 외롭지 않아서 좋다. 같이 맛집 탐방도 하고 여행도 하고… 이제는 주말이 가장 즐거운 시간이다. 항상 내 편이고, 내가 하자는 대로 해주는 사람은 미우나 고우나 남편이 제일이지 않을까 싶다. 생각해 보라. 나이 든 이후 누가 늘 곁에서 내 편이 되어주고 같이 있어주겠냐 말이다.

아무리 성격 좋고 나랑 있기 좋아하는 사람이라 해도 아마 친구라면 서로 눈치도 많이 보고 조심할 것이다. 게다가 같이 살지 않는 한 필요할 때마다 곁에 있어주기는 현실적으로 더 힘들다. 그러다 관계의 피로도가 쌓이면 혼자 있는 게 편하게 다가오기도 할 텐데, 부부라는 관계는 참 묘해서 같이 있어도 편하다. 식구가 되고, 가족이 되어 몇 년을 살아보니 더욱 그렇다. 이것이 가족의 본질이 아닐는지.

나의 안녕과 성공이 그대로 남편의 행복으로 이어지기에

항상 응원받고, 눈치 안 보고 자랑도 한다. 또 그저 믿고 보는 관계가 부부 사이가 아니면 어떻게 가능할지 의문이다. 결혼하고 보니 이래저래 좋은 점이 많다.

반대로 미혼 시절보다 불리한 점은 어버이날을 양가 두 번 챙기는 것처럼 가족과 관련된 일을 한 세트로 생각해야 한다는 점이다. 부모도 형제도⋯. 이와 함께 경제적 지출도 커지지만 수입 또한 남편 몫만큼 늘어나므로 별 문제는 안 된다. 오히려 생각하기에 따라 잔치 등 이벤트가 많이 생겨서 좋다고도 할 수 있다. 외로웠던 지난날을 돌아보면 분주한 것도 감사한 일이니까.

물론 가족 돌봄 문제가 심각해질 경우 현실적 어려움이 따를 것이다. 양가 어머니도 그렇고 자녀 부양도 그렇다. 부양 부담이 커진다면 결혼해서 좋은 점들이 다소 상쇄될 수도 있다. 그런 날이 올 수도 있지만, 지금부터 지레 걱정할 일도 아니어서 되도록 그런 생각에 오래 머물지 않으려고 한다. 다만 어느 정도 경제적 백업은 해둬야 훗날 문제가 최소화되겠지 하는 마음으로 재테크에 더 신경을 쓰게 된 것도 작은 변화라면 변화다. 결혼의 단점은 이 정도가 아닐까 싶다.

그 외에 아무리 생각해 봐도 중년 결혼의 단점이 별로 없다. 흔히들 결혼은 해도 좋고 안 해도 좋다고 말하지만, 나는 하는 것이 좋다고 말하고 싶다. 단 어느 정도 성숙한 나이가 되어서 하는 결혼에 한해서. 결혼은 미친 짓이 결코 아니다!

시댁 스트레스가
뭔가요?

"지성아, 나는 건강하게 잘 지내고 있으니 걱정할 필요 없고 그저 너네 둘이 행복하게 잘 살면 돼."

평소에도 말씀을 참 예쁘게 하시는 시어머니의 전화는 늘 이런 식이다. 말 한마디로 천 냥 빚을 갚는다고, 어찌 그리 친정엄마와 대조적이신지 싶다.

늦게 결혼해서 좋은 점 가운데 또 하나는 시댁 식구들에게 적당히 관심을 주거나 무관심할 수 있다는 것이다.

젊어서 결혼하면 아무래도 나이가 어리니 어른들 눈에

시원찮아 보인다는 이유로, 이것저것 가르친답시고 훈계를 하거나 결혼 생활에 개입하는 경우가 많다. 또한 시부모가 아직 젊고 능력이 있으니 그 팔팔한 힘으로 이것저것 챙겨 주기도 하고 간섭도 한다. 충분히 성숙하지 못한 나이에 결혼한 신부 입장에서는 남편과의 룸메이트 생활에도 적응해야 하고, 자녀를 낳으면 엄마라는 어마어마한 역할에도 적응하기 버거운데, 여기에 시댁 식구들까지 신경 쓰다 보면 정말 '결혼은 미친 짓'이라는 생각이 들 수 있다.

시댁은 아무리 나에게 잘해 줘도 솔직히 부담스러운 존재일 수밖에 없다. 해서 서로 적당한 거리 유지가 중요한데 (무관심도 좋고) 중년에 결혼하면 일단 시부모가 연로하기 때문에 이래라저래라 할 기운이 없다. 그리고 자식의 도움이 필요한 경우가 많아서 오히려 자식 눈치를 보게 된다. 자신의 딸이 아닌 며느리, 그것도 안 지 얼마 안 된 나이 든 며느리에게 스스럼없이 할 말 다 하고 당당히 요구하는 시부모는 별로 없으리라. 그저 나이 든 아들을 이제라도 데려가 줘서 고맙다고 생각하는 게 더 일반적일 것이다. 배우자의 형제들도 비슷하다. 모두 살아온 내공이 쌓인 나이라서 서로의 경계를 지키는 예의가 있을 가능성이 높다.

적당히 무관심하면서도 일이 생길 때 은근히 내 편이 돼주고 손도 잡아주는 관계. 나에게 시댁은 이렇게 부담이 거의 없는 존재다. 이처럼 늦은 나이에 결혼하면 시댁 스트레스가 거의 없다는 장점이 있다.

다음으로, 결혼 생활의 활력인 동시에 가장 큰 도전이기도 한 출산과 양육에서 자유로울 수 있다는 것도 만혼의 장점이라면 장점이다. 상황에 따라 다르겠지만, 나이 들어 결혼하면 출산할 일도 (거의) 없고 둘이서 잘 살면 된다. 물론 나 같은 경우는 남편에게 자녀가 두 명 있고, 이들이 아직 독립하지 못하고 학업 중이어서 부담이 전혀 없지는 않다. 그러나 서로의 가족에 대한 책임과 역할을 존중해 주는 마음만 잊지 않는다면 이 또한 그다지 어려운 일이 아닐 수 있다.

마지막으로, 나이 들어 결혼해서 좋은 점은 아무래도 젊은 시절보다 수입이 넉넉해진 둘이 만나기에 비교적 여유롭게 여행이며 맛집 투어며, 하고 싶은 일들을 시도하게 된다는 것이다. 혼자 버는 것과 둘이 버는 것의 경제적 차이는 클 수밖에 없다. 그래서 2인분의 수입으로 보다 많은 것들을 누리며 살 수 있다.

오늘날 결혼은 많은 사람들에게 너무도 무거운 일로 여겨진다. 나는 조심스럽게, 그러면서도 소신껏 말하고 싶다. 나이 들어 결혼하면 결혼이 그렇게 무거운 것이 아니라고… 실제 만혼 커플들의 이야기도 들어보고 관찰해 보길 권한다. 중년의 결혼은 청년의 결혼과 달리, 속박과 부담은 최소화되고 편안함과 안정감은 증폭되는 장점이 있으니 말이다.

내 엄마는 내가 책임질 테니,
여보 엄마는 여보가 책임져요

"여보, 내 엄마는 나와 언니가 알아서 책임질 테니, 여보는
여보 엄마 잘 책임지면 돼요."

3년 전 두 차례에 걸쳐 허리 수술을 받으신 친정엄마를
간병하느라 피로가 쌓였다. 그때 내가 남편에게 비장하게
던진 말이다.

결혼한 지 몇 년 안 돼 아직은 남편 입장에서 장모가 낯
설 법한데, 주말부부로서 장모님 돌봄에 보탬이 될 기회가
물리적으로 적기 때문인지 뭔가 사위 노릇을 해야 한다는

의무감을 갖는 듯했다. 그래서 내가 선언하듯 말한 것이다.

실은 나도 마찬가지로 전주에 떨어져 사는 탓에 일산에 계시는 시어머니께 효도할 물리적인 기회가 적다. 다행히 시어머니는 딸과 함께 살며 지극한 보살핌을 받고 계셔서 돌봄 부담이 별로 없기는 하지만 말이다.

나는 친정엄마와 그다지 살가운 사이가 아니라서 용건이 있거나 서로 해줘야 할 일이 생길 때나 전화를 한다. 모녀간에 애틋한 대화는 평생 나눠본 기억도 없다. 엄마와는 그런 정서도 없거니와 언젠가부터 엄마의 귀가 좀 멀어서 전화 통화라고 해도 거의 내가 소리를 질러야 의사소통이 되는, 이른바 '사오정 대화'로 흐르기 때문에 다소 부담스럽다. 그렇다고 엄마를 방임하는 것은 아니고 평소에도 챙길 일이 꽤 많기에 일부러 전화드리는 편은 아니란 뜻이다.

어린 시절 언니와 나는, 북한 출신으로 혈혈단신 살아오신 아버지 탓에 설날이면 세뱃돈 받을 데가 없어 늘 아쉬웠다. 그래서 어린 마음에 '시집은 대가족이 사는 집으로 가야지' 했다. 물론 이것은 10여 년이 흐른 뒤 실제로 대가족 집 맏며느리로 꿈을 이룬(?) 언니에 의해 '그다지 좋은 아이디어가 아님'이 실증되었지만 말이다.

늦게 결혼을 하고 보니 남편과 함께 가족도 두 배가 되었다. 가장 큰 의지처이면서 때론 굴레이기도 한 가족이 더 생겼다는 것은 귀한 인연에 감사할 일인 동시에 부담의 의미로도 존재할 수밖에 없다. 나에게도 남편에게도….

인연을 맺은 지 몇 년 안 된 아내의 엄마께 잘하려는 태도는 분명 감사해야 할 일이다. 그러나 나는 결코 남편에게 장모에 대한 부담까지 안겨주고 싶지 않다. 우리 엄마에게 자식이 없는 것도 아니니 당신이 키운 자식들한테 돌봄을 받으시면 되고, 그렇게 커버할 수 있는데 괜히 남편까지 동원하고 싶지 않아서다. 사위는 사위지 아들이 아니니까.

결혼으로 가족이 됐으니 장모도 시어머니도 똑같이 어머니라고, 누군가 질책할지 모르겠다. 나는 솔직해지고 싶다. 자연스럽게 혈연으로 이어진 관계가 아닌 이상, 가족이라는 관계의 연대성은 그 연대성이 힘을 발휘할 만한 시간이 어느 정도 축적돼야 가능하다고 생각한다. 적지 않은 세월 동안 손잡고 마주한 시간이 쌓여야 비로소 가족적인 연대감이 생기는 것이지, 배우자의 가족이라고 해서 금세 컴퓨터 리셋하듯 마음 자세가 생기는 것은 아니다. 의식적이고 강박적으로 노력은 할 수 있겠으나, 나처럼 중년에 가정을 이룬 경우 꼭 그렇게 관습적 강박을 가져야 하는지에 대해서 회의적이다.

내 엄마여도 돌봄은 힘든데… 그 '힘듦'을 늦게 만난 남편과 공유하고 싶지 않으며 반대의 경우도 그렇다. 그 대신 남편이 시어머니 봉양을 위해 얼마를 쓰건, 무엇을 하건 아무래도 상관없다. 남편이 자신이 번 돈으로, 자신의 시간과 에너지를 써서, 자신을 낳고 키워주신 엄마께 해드린다는 데 무슨 이의가 있겠는가?

그리고 그 기준은 똑같이 내 엄마한테도 적용된다. 엄마를 위해 내가 얼마를 쓰건, 무엇을 하건 순전히 내 권한이다. 둘 다 각자 소득이 있으므로 그저 내가 번 돈, 나를 키우느라 애쓰신 엄마께 얼마를 쓴다 해도 그것은 남편이 받아들여야 할 운명이리라.

내가 이렇게 '각자 자기 엄마 알아서 봉양하기'를 주장하는 이유는 나름대로 논리와 소신이 있어서다.

먼저 노부모 돌봄 기간이 언제 끝날지 모른다. 지금도 평균 수명이 여성 87세, 남성 81세인데 실제로는 그보다 훨씬 오래 사시는 분들이 많다. 그렇게 장수하는 분들 대부분이 병원이나 시설에서 전문적인 돌봄을 받기보다 본인의 집에서 생을 마감하고 싶어 하시므로 자녀들의 부양 기간이 그만큼 길어질 수밖에 없다.

언제 끝날지 모르는, 장기간의 강요된(?) 효도를 실천하는 일은 사랑을 극진히 받고 자란 효자여도 힘들다. 내 부모여도 힘든 판국에 사위나 며느리는 얼마나 더 부담스러울까.

특히 중년에 결혼한 커플의 경우 더욱 그럴 것이다. 행복하려고 늦게나마 결혼하고 재혼도 했는데, 결혼하자마자 본인 부모 봉양에 배우자 부모 돌봄까지 떠맡아야 한다면 결혼의 로망은 이내 고달픈 현실로 변해버리기 쉽다. 어차피 둘이 함께 양쪽을 수발하면 마찬가지 아니냐고 할지 모르지만 어떻게 자기 엄마 수발드는 것과 장모, 시어머니 수발드는 게 같은 무게로 다가오겠는가. 내 엄마니까 그래도 할 수 있는 것이고, 그나마 스트레스가 적은 것이지 그 외의 사람을 수발드는 것은 직업이 아니고서야 쉽지 않다고 본다. 대안이 전혀 없다면 모를까….

"궂은일도 기쁜 일도 같이해야 가족"이라는 말을 굳이 '모든 궂은일'을 같이해야 가족의 자격이 된다는 말로 확대 해석할 필요는 없다. 서로 배려하고 스트레스 안 받게 해주는 게 중요하지, 가족 테두리를 둘렀다고 해서 꼭 돌봄 부담 연대에 편입시킬 필요까지는 없다고 본다.

'각자 봉양'을 주장하는 또 다른 이유는 우리도 이미 중년이라 스스로를 알아서 돌봐야 할 나이이기 때문이다. 자기 자신의 몸을 챙겨야 하는 나이에 양쪽 부모 봉양하느라 이리저리 허둥대다 보면 본인도 병나기 쉽다. 감당할 에너지도 없으면서 '착한 아이 콤플렉스'를 중년까지 달고 살아야 할까? 차라리 '미움 받을 용기'를 선택하는 쪽이 현명하다고 생각한다.

물론 이 말이 시어머님, 장모님 일을 서로 모르쇠 하자는 얘기는 아니다. 현실적으로 그럴 수도 없고. 다만 기본적인 상식과 도리, 그리고 마음이 움직이는 대로 할 만큼은 하되 전통적인 며느리 역할을 굳이 상기하며 무리할 필요는 없다는 말이다.

흔히들 둘이 만나 부족한 부분을 채우는 게 결혼이라고 하는데, 이 말이 곧 내 생활의 결핍을 채워줘야 한다는 의미는 아닐 것이다. 내가 맡은 수발, 내게 필요한 돈을 배우자를 통해 조달받고자 결혼한다면 그 결혼의 결과는 자명하다. 내 결핍을 채우기 위해서가 아니라, 남은 생을 보다 행복하게 살기 위해 만혼이든 재혼이든 해야 한다.

적지 않은 나이임에도 누군가와 가정을 이루려는 것은 그만큼 절실히 행복을 원하기 때문이리라. 그 행복을 위해 내 부모, 자식, 형제와의 관계를 좀 더 지혜롭게 설정할 필요가 있음을 빨리 인정하는 게 좋다.

노년으로 가는 길목에 선 중년! 관습에서 조금은 홀가분해져 나 자신에게 집중하고, 내가 누리는 행복에 집중하는데 이 귀한 시간을 써야 할 것이다. 시간은 유한하다.

내겐 너무 극과 극인
두 어머니

"두 어머니를 좀 섞어놓았으면 좋을 텐데, 아쉽네!"

남편과 내가 종종 하는 말이다. 우리 친정엄마나 시어머
니께 너무도 큰 아쉬움이 느껴질 때 이런 말이 튀어나온다.
이 나이에 키워주신 엄마를 원망하고 탓하려는 차원은 아
니고, 그저 답답한 마음에 가끔 탄식하듯 내뱉는 것이다.

그래도 남편은 자신의 답답한 어머니를 있는 그대로 수
용하며 평화롭게 지내는 반면, 나는 그게 잘 안 되는 편이
다. 부끄럽지만 내 인격의 아킬레스건이 친정엄마다. 지금

도 엄마랑 팔짱 끼고 살갑게 지내는 친구들을 보면 부럽기 그지없다.

나의 두 어머니는 여러 면에서 정말 극과 극인 분들이다. 어쩌면 이렇게 다를까 싶다.

친정엄마는 어머니를 일찍 여읜 탓에 학교도 제대로 다니지 못한 채 큰오빠 집에서 조카들 뒤치다꺼리를 하다 결혼하셨다. 그리고 가내수공업부터 시작해 농사일, 가게일 마다하지 않고 뼈가 부스러져라 억척스럽게 일해서 우리 3남매를 키우셨다.

이에 반해 시어머니는 일단 그 시절 여성으로서는 희귀한 대졸 학력자시다. 현재 84세인 시어머니는 교사인 아버지의 무남독녀 외동딸로, 가정부를 둘 만큼 유복한 집안에서 공주님처럼 성장하셨다. 워낙에 집안일을 할 줄 몰랐던 시어머니는 유교 집안 장손과 결혼해 3남매를 낳은 뒤 크고 작은 수술을 몇 번 받고부터는 몸도 마음도 더욱 약해져 살림을 기피하셨다. 게다가 우리 시아버지가 실직하고 대신 집안일을 하시면서 자연히 살림에서 손을 놓으셨다.

이후 모든 시중을 들어주던 시아버지가 돌아가시고는

큰딸네 가족과 같이 살고 계신다. 결혼 초기 시댁 식구들과 식사를 하는 자리에서 나의 시누이인 큰딸이 시어머니를 마치 애기 다루듯 해서 좀 놀라기도 했다.

이렇게 다소 특이한 배경을 가진 시어머니가 당신의 친정아버지만큼 경제력 있는 남편을 만나셨다면 괜찮았을 텐데, 안타깝게도 연애로 만난 우리 시아버지는 일찌감치 공직을 떠난 후 변변한 직업을 갖지 못하셨다고 한다. 시어머니 역시 유산 상속도 제대로 못 받으셔서 결국 시댁 가족은 빈궁한 삶으로 전락하고 말았다. 시어머니가 팔자에 없는 생활 전선에 뛰어들어 몇 년 돈을 벌기도 하셨지만 결국 단단한 생활력을 확보하지 못한 채 다섯 식구가 단칸방을 전전하게 되었다.

나의 남편은 중학교 시절부터 수업료가 없어서, 담임선생님이 대신 내주시거나 혹은 반에서 걷은 불우이웃돕기 성금으로 냈다고 한다. 천만다행으로 남편의 담임선생님은 그 시절 종종 목격되던 "아버지 뭐 하시노?" 같은 유의 매정한 선생님과 정반대 분이었던 것이다. 고 3 때는 여동생 둘을 포함한 다섯 식구가 단칸방에서 사느라 공부할 여건이 안 되자, 교회에서 책상을 여러 개 붙여 그 위에서 자면서 학교를 다녔다고 한다. 대학도 4년 장학금을 받을 수 있는 곳으로 지원했기에, 대학의 문턱을 넘을 수 있었다.

남편과 연애한 지 얼마 안 돼 이 얘기를 들었을 때 몇십 년 전 남편의 안쓰러운 모습이 그려져 울컥했다. 나는 자리에서 벌떡 일어나 남편을 꼭 안아줬다. 나도 가난한 집 출신이지만 이토록 어렵게 자란 사람을 TV 드라마나 위인전이 아닌 현실에서는 본 적 없다. 처음으로 '그래도 우리 집이 살 만했던 거구나' 하고 느낀 순간이었다.

지금도 시어머니는 큰딸과 같이 살며 아들의 경제적 뒷받침과 딸들의 전적인 일상 수발에 의지하고 계신 데 비해, 친정엄마는 자식들에게 일부 용돈 보조는 받지만 홀로 잘 살고 계신다. 병원 동행이나 일상 지원은 우리 자매가 번갈아 가며 도와드리나 그 외 평일엔 혼자 데이케어센터에 다니신다. 그리고 용돈을 주는 자식들에게 고마운 마음에 지금도 종종 김치를 담가 보내주신다.

친정엄마는 원래 무뚝뚝하고 정서 표현이 없으신 반면 시어머니는 세련된 서울 말투로 교양 있게 말씀도 잘하신다. 내가 가끔 드라이브를 시켜드리거나 여행에 모시고 가면 "아유 좋아, 네 덕분에 정말 행복하다"라는 말씀을 수도 없이 반복하신다. 친정엄마가 자식들에게 김치로 염치를 차리신다면 시어머니는 '말 염치'가 있으신 것이다.

전화 통화에서도 두 분의 차이가 극명하다. 친정엄마는 본인의 용건이 있을 때 전화해서 일방적으로 말씀하신 뒤 내가 "알았어, 주말에 가서 할게. 그리고 엄마…" 하는 정도에서 전화를 뚝 끊으신다. 당신이 하고 싶은 말 하고 듣고 싶은 말 들었으니 바로 끊으시는 것이다.

그 반면 시어머니는 모든 대화가 끝나고 전화를 끊어야 하는 시점에도 부담스러울 만큼 애교스러운 말투로 끝인사가 끝이 없으시다. "잘 지내라"라는 말을 여러 형태로 계속하시는 통에 전화를 끊기가 어렵다. 이젠 나도 면역이 되어서 어느 정도 작별 인사를 나누면 "어머니, 그럼 저 전화 끊을게요" 하고는 끊어버린다.

두 분께 공통점이 전혀 없는 것은 아니다. 하나는 돈 버는 일에 전혀 소질이 없는 남자를 만나 평생 가난하게 사셨다는 점이고, 또 하나는 두 분 다 최근 치매 판정을 받으셨다는 점이다. 현재 두 분은 동네의 데이케어센터에 다니며 노후를 보내고 계신다.

극과 극인 두 어머니를 보면서 안타깝기도 하지만 한편으로는 감사한 마음이 든다. 어려서 딸이라는 이유로 존중받지 못하고 자라서 친정엄마를 오랫동안 원망했는데, 내 남편만큼 혹독한 가난 속에 자라지 않았다는 사실이 얼마나 감사한지…. 엄마의 생활력이 아버지의 경제적 한계를 어느 정도 커버해 주었기에 우리 3남매가 잘 자랐다는 것은 부인할 수 없다. 그래서 결혼 후 엄마에 대한 서운함이 많이 사라졌다.

한편 말씀만 예쁘게 하실 줄 알지 연약하고 의존적인 시어머니의 성향은 자녀들에게 부담이 아닐 수 없으나, 말을 참 예쁘게 하고 성품 좋은 내 남편이 다름 아닌 시어머니를 쏙 빼닮았기에 이 또한 감사하다. 남편과 시어머니가 나란히 앉아 있는 모습을 보면 어찌 그리 닮았는지, 그럴 때마다 시어머니께 좀 더 잘해야겠다는 생각이 절로 든다.

이렇게 극과 극인 두 어머니는 탄식과 감사가 교차하는 중년의 삶을 더 다채롭게 만들어주신다. 특히 생이 평안하여 다소 교만해지려는 순간, 생에 겸손해야 함을 몸소 가르쳐주신다. 잘해 드려야겠다, 다만 내 행복이 심각하게 저해되지 않는 선에서!

고통도 두 배,
기쁨도 두 배인 결혼?

평소 사람들과 만나 술 마시는 것을 무척 좋아하는 남자 선배가 있다. 그 선배는 술을 마시다가도 고교생 자녀들의 학원 픽업 시간만 되면 대리 기사를 불러 같이 가서 이동시켜 주고 다시 술자리로 돌아와, 주위 사람들이 혀를 찰 정도다. 어쨌건 자녀 교육에 동참하는 대한민국의 아버지 역할을 해내는 동시에 자신이 좋아하는 술자리도 놓치지 않는 선배야말로 창의적이고 책임 있는 아버지이자 사회인이라고 단언한다.

어느 날 같이 술을 마시던 싱글 후배가 바삐 드나드는 그 선배를 안타깝게 바라보더니 말했다.

"무자식이 상팔자야. 나는 자식이 없어 편하고 좋아."

그러자 그 선배 왈.

"자식이 있으면 고통도 두 배지만 기쁨도 두 배야."

당시 처음 듣는 표현이었는데 맞는 말인 듯하다. 이는 결혼에도 해당되는 얘기라고 할 수 있으리라. 분명 누군가와 만나 좋은 감정을 나누고 가정을 이루면 자유는 다소 줄어들지라도 혼자 살 때 경험하지 못한 안정감과 든든함, 둘이기에 가능한 큰 행복을 얻는다.

그런 한편 자녀 양육이나 확대된 가족으로 인한 다중 역할에서 오는 피로감은 싱글 시절의 자유를 그리워하게도 만든다. 특히 젊은 나이에 결혼했을 경우 더 그런 듯하다. 아직 사회 경험이 부족해 배워야 할 것도 많은 현실에서 남편과도 적응해야 하고, 자녀를 출산하면 '양육'이라는 큰 산까지 힘겹게 넘어야 한다. 거기에 두 배로 확대된 가족의 일원으로서 주어진 역할까지 해내야 한다면 '내가 이러려고 결혼했나' 하는 회의감이 밀려오기도 할 것이다.

확실히 혼자 사는 삶은 단조롭고 고통스러울 거리도 적다. 그러나 그만큼 웃고 행복해할 거리가 적다는 뜻이기도 하다. 혼자 살면 직장 생활 이외의 시간은 대부분 고요하고 잔잔하다. 그 잔잔함은 평화롭지만 그다지 화통하게 웃을 일이 없는, 서늘한 공기가 늘 감도는 삶을 의미하기도 한다. 힘들게 일하고 돌아와 불을 켜면 혼자서 아무렇게나 널브러져도 되는 편안한 일상이지만, 때로는 누군가의 따뜻한 온기가 너무도 그리운 적막한 일상이다. 적막감을 없애려 일부러 TV를 틀어놓아도 TV의 소음이 사람을 대신할 수는 없다.

더 많아진 고통을 감내하며 더 많은 기쁨을 얻을 것인가, 아니면 기쁨이 덜하더라도 고통이 적은 쪽을 택할 것인가. 그 선택의 순간에 지혜로워져야 한다. 다 가질 수는 없으므로…. 마냥 좋기만 하고, 마냥 나쁘기만 한 선택은 세상에 없다.

그러나 중년 결혼의 경우 기쁨 두 배, 고통 두 배와는 다른 수치가 적용된다고 생각한다. 다중 역할 밀도는 별로 높아지지 않는 데 비해 기쁠 일은 훨씬 더 많아진다. 고통은

'1'에 못 미치는 소수점 이하로 증가하고 기쁨은 몇 배나 증가한다는 말이다. 자유 역시 의미 있는 수준으로 줄어들지 않는다. 의사 결정 과정에서 관계에 대한 배려로 행동반경을 조정하는 정도일 뿐 박탈적인 의미는 아니다.

자유 측면에서 볼 때, 중년에 결혼했다고 딱히 못 하는 일은 없다. 원할 때 여행 가고, 친구도 만나고, 여전히 사회생활도 한다. 중년이 되어 만난 부부는 서로의 생활에 대해 이래라저래라 간섭할 마음도, 필요도 없다는 걸 잘 안다. 상식적인 사람들끼리는 그렇다는 것이다.

해서 나는 중년 결혼에 진심인 편이다. 물론 세상 이치가 그렇듯 다 좋을 수는 없지만, 중년에 결혼하면 실보다 득이 훨씬 많은 건 분명하다.

늦게 결혼하고
비로소 얻은 힐링

나는 '지금의 나'가 좋다. 과거로 절대 돌아가고 싶지 않다. 물론 요즘도 아주 가끔씩 욱하는 성질을 절제 못하는, 미성숙한 자아가 불쑥불쑥 튀어나올 때도 있지만 대체로 괜찮은 인격을 가진 중년이라고 자평한다.

이렇게 나 스스로를 후하게 평가하는 것은 불과 몇 년 전만 해도 상상할 수 없는 일이었다. 나는 항상 스스로가 못마땅한, 자존감이 매우 낮은 사람이었다. 그랬던 내가 "이제는 돌아와 거울 앞에 선 내 누님" 같은 국화꽃이 되어가고 있음을 느낀다. 존중받지 못하고 커서 나 자신에게도 병적으로 인색했지만 이제는 비로소 말할 수 있다. 지금의 나라면 내가 봐도 결혼하고 싶을 것 같다고.

남편을 보면서 존중받는 환경에서 자라난다는 것이 얼마나 성격 형성에 중요한가를 새삼 깨닫는다. 나보다 더 가난한 환경에서 자라나 대학을 나온 것 자체가 기적에 가까운 남편은 '슈퍼 울트라 긍정맨'이다. 과거를 늘 아름답게 기억하고 심지어 다시 돌아가고 싶어 한다. 어떻게 저럴 수 있나 싶어 가만히 관찰, 분석해 보니 우리 둘의 차이점은 존중받는 환경에서 성장했느냐 아니냐였다.

존중받으며 성장한다는 것의 중요성

남편은 가난했지만 집이나 학교, 교회에서 늘 존중받고 예쁨을 받았으며 그 존중받은 경험은 혹독한 가난이 자신의 인성을 변질시키도록 내버려두지 않았다. 남편에게 가난은 가끔 다소 불편했던 기억 정도일 뿐이다. 과거와 현재 삶, 그리고 미래 전망까지도 모두 긍정하는 축복을 받은 남편의 비밀은 존중받으며 살아온 삶이라는 데 그 자신도 동의

한다.

그 반면 나는 어린 시절부터 존중받지 못하는 환경에서 자라났다. 남존여비라는, 시대적으로 일반화할 수 있는 성차별 문제를 감안하더라도 능력에 비해 너무 푸대접을 받았다. 이것은 사상思想 전향한 아버지를 둔 특수 상황에서 기인한 면도 있다. 국정원의 전신인 당시 안기부의 감시를 받던 아버지는 항상 튀지 않게 중간만 하고 살라며 오히려 자식들의 능력을 억압하셨다. 거기에 나는 학교 복마저 없어 집뿐만 아니라 학교에서도 존중과 거리가 멀었다. 그래서인지 나는 늘 자신이 부족하게 느껴졌고, 스스로를 인정하는 것에도 인색했다.

내가 오랜 고질병인 자기 비하에서 벗어난 것은 중년에 경험한 두 번의 큰 깨달음 덕분이었다. 한 번은 나 자신에게 최선을 다하면서 얻게 된 소위 '자가 힐링'이었고, 또 한 번은 남편과의 결혼 이후 경험한 '관계 힐링'이었다.

자가 힐링

10여 년이 지난 지금도 그 순간을 선명히 기억한다. 그때 내 나이 42세였다. 유난히 춥고 눈이 많이 내리는 클리블랜드의 겨울, 학교 프로젝트 연구실이었다. 그날도 여느 평범한 날처럼, 생활비를 벌기 위해 참여하고 있던 학교 프로젝트 두 개를 바삐 정리하며 시간을 쪼개 박사 논문을 쓰고 있었다. 일을 하다 무심코 하염없이 내리는 눈을 바라보는데 문득 내가 '정말 최선을 다해' 살고 있다는 생각이 떠올랐다.

'그래, 난 지금 최선을 다하고 있어. 더는 사람으로서 어떻게 할 수 없을 만큼…. 더할 나위 없이 최선을 다해 공부하고 있어.'

그 순간 스스로에게 울컥하는 감동이 일면서 나 자신이 괜찮게 느껴졌다. 내가 대견하고 안쓰럽다는 사실을 최초로 인식한 경험이었다. 심리학자들이 '자기실현 욕구'를 충족한 사람의 특성으로 언급한 '절정경험'을 한 것이다. 속에서 올라오는 뭉클한 감동과 함께 진정으로 나 자신과 조우했던 그 순간을 지금도 기억하며 살고 있다. 내가 초라해질 때마다 그 기억을 꺼내 읽는다. 이제부터는 진실로 나 자신을 사랑하며 살겠노라고 다짐한 이후 많이 편안해졌다.

관계가 준 힐링

주말부부로 사는 우리에게 금요일 밤의 데이트는 특별하다. 물론 토요일, 일요일에도 외식을 자주 하지만, 아무래도 각자 떨어져 살다 만나는 금요일 밤의 외식이 열심히 산 한 주의 보상처럼 느껴져 둘 다 선호한다. 코로나가 극심하던 시기를 제외하고는 으레 좋은 맛집을 찾아서 맛난 음식에 술을 곁들이는 게 삶의 낙이다.

사랑하는 사람과 맛난 음식을 함께 먹으며 느끼는 행복도 행복이거니와, 알싸하게 취기가 오를 즈음 화수분처럼 솟아나오는 지난 세월 에피소드도 즐거움에 한몫한다. 말을 잘 들어주는 남편 덕에, 가뜩이나 말 많은 나는 시간 가는 줄 모르고 《천일야화》 같은 이야기보따리를 풀어낸다. 그러다 보면 상처받은 흑역사 에피소드도 많이 나오는데 남편은 적극적 경청과 깊은 공감, 성의 있는 리액션으로 화답하는 것은 물론, 그 시절 상처의 기억들을 역경 속에서 잘 극복해 낸 성공담으로 바꿔놓는다. 나를 대단한 사람으로 격상시키면서 진심으로 존중의 눈빛을 발사하는 것이다.

'아, 행복이 이런 거구나!'

그 덕분에 나는 비로소 행복을 알게 되었다. 행복이라는 것의 정체는 부지불식간에 확 밀려오는 감정임을 체험했다. 내 뇌에서 도파민이 분출되며 "행복해, 행복해" 하고 속삭이는 것을 느낀다.

내가 언제 이토록 행복했었나? 설익은 연애를 했을 때도, 노력해서 박사가 됐을 때도, 가족과 함께일 때도, 이런 행복감을 느끼지 못했는데…. 나는 마침내 행복의 길에 이르렀음을 깨달았다.

그뿐만 아니라 남편은 어느 날 불쑥 이런 말로 감동을 안겨주기도 했다.

"나는 살아오면서 한 번도 이렇게 적극적인 사랑을 받아본 적이 없어. 더할 수 없이 충만한 사랑을 당신한테서 받고 있는 느낌이야."

그 순간 생애 두 번째로 스스로에게 울컥하는 감동이 밀려왔다.

'나도 누구를 충만하게 사랑할 수 있는 사람이구나! 나도 누군가를 온전히 품을 수 있는 존재였어!'

이 깨달음은 흑역사와 낮은 자존감으로 점철됐던 내 과거 자아와 진정한 이별식을 갖게 해주었다. 그날 이후 나는 다른 사람이 되었다.

나는 요즘도 남편에게 수시로 사랑 고백을 한다. 자존심이고 뭐고 따질 것 없이 행복의 기운이 밀려올 때마다, 남편이 사랑스럽다는 느낌이 들 때마다 그 순간을 놓치지 않고 사랑한다고, 행복하다고 고백한다.

고백도 세계 각국 언어로 다양하게 표현하는데, 최근엔 튀르키예를 다녀오고 나서 "쎄니 쎄비요룸" 하며 튀르키예어 "사랑해"를 입에 달고 산다. 이러는 나 자신이 어이없을 만큼 신기하고 웃긴다. 잦은 사랑 고백에 어리둥절해하던 남편도 어느새 아내의 고백에 "고마워, 나도" 하며 맞고백을 입에 달고 산다.

나는 이렇게 서서히 중년 결혼 예찬론자가 되었다.

3장

흑역사 청춘을 딛고

행복을 외치다

흙수저가 50에
결혼할 수밖에 없는 이유

나는 50에 처음 결혼했다. 특이하다면 특이한 경우인데 생각해 보면 내가 결혼을 늦게 한 것도, 시간을 거스르며 동년배들보다 다소 늦은 인생을 살아온 것도 소위 '흙수저' 출신이라는 데 근본적 원인이 있지 않나 싶다.

대학을 졸업하기 몇 달 전 지역의 의료보험조합(건강보험공단의 전신) 입사를 시작으로, 지방 신문사 기자, 대학교 직원 등 전혀 다른 직장 세 곳을 전전하다가 33세에 전공을 바꿔 석사과정에 진학했다. 그 후 미국으로 건너가 사회복지시설에서 3년간 일하다 무려 39세가 되어서야 미국 박사 과정에 입학했다. 4년 과정을 마치고 돌아와 44세에 지금의 대학에 임용됨으로써 길고 긴 자아실현 여정이 일단락되었다.

요즘이야 석·박사 과정이 평생 교육 과정으로 자리 잡다시피 했을 만큼 직장 생활을 병행하며 늦은 나이에 대학원에 진학하는 사람도 많지만 당시에는 대학원 진학자들이 소수였고, 무엇보다 대학을 졸업하고 석사와 박사를 연이어 하는 게 일반적이어서 나는 매우 특이한 늦깎이 학생이었다. 43세까지의 내 청춘 시절은 직장을 옮기느라 공부하고, 대학원 공부하느라 또 공부하는, 온통 '생존 공부'의 수레바퀴 밑에서 허덕인 시간들로 채워졌다. 평생 동안 얼마나 많은 시험을 보았던지…. 지금도 시험이라면 넌더리가 난다.

평생 갈비뼈에 총알을 박고 사신 아버지

나도 특이한 이력의 소유자이지만 우리 부모님의 인생 역정과 비교하면 정말 평범한 축에 속한다.

우리 부모님은 두 분 다 재혼으로 가정을 이루고 딸 둘에 아들 하나, 3남매를 낳아 어렵게 기르셨다. 11년 전 작고하신 아버지는 미수복未收復 강원도 지역 출신이다. 북한에 아내와 어린 자식들을 두고 6·25전쟁에 참전했다 총상을 입고 붙잡힌 케이스로, 짧지 않은 수감 생활 끝에 사상 전향을 하고 남한의 품에 안기셨다.

내가 20대 후반 즈음 아버지가 병원에서 엑스레이를 찍으신 적이 있다. 의사 선생님이 갈비뼈 안에 선명하게 박혀 있는 총알을 보고 깜짝 놀라 "이게 뭐예요, 총알 아니에요?"라고 하자, 아버지가 "허허, 총알 한 발이 제거되지 못하고 있었네요" 하며 웃으시던 모습이 지금도 눈에 선하다.

그렇게 아버지는 혈혈단신 전주에 정착해 이 일 저 일 전전하다가 무려 열여섯 살이나 어린 우리 엄마와 재혼하신 것이다. 그래서 자식도 매우 늦어져 둘째인 나를 48세에, 막내인 남동생을 무려 54세에 낳으셨다. 당시 아버지는 내 동년배들의 아버지보다 연세가 많아 할아버지뻘이었기 때문에 자식들의 운동회며 졸업식조차 와 본 적이 없으셨다. 아버지 스스로도 자식들이 창피할까 봐 안 오셨고, 철없던 우리 3남매도 조용히 그런 현실을 받아들였던 듯하다.

더욱이 아버지는 공산주의로 물든 북한 지역 출신이어서 오랜 세월 동안 안기부의 감시를 받으셨다. 안기부 직원이 가끔 동향 파악인지 감시인지 하러 집에 오곤 했는데, 가게 딸린 단칸방에 살던 우리 가족은 그 시간 내내 방에서 조용히 숨을 죽이고 있어야 했다. 나는 반공 교육을 받은 세대였기에, 그런 사상 감시를 받는 아버지가 어린 시절 콤플렉스였다. 지금은 너무도 그리운 아버지이지만 말이다.

아버지는 우리 3남매에게 항시 "모난 돌이 정 맞는다"라는 속담을 마치 신념처럼 강조하셨다. 연좌제가 있던 시절이라 당신의 자식들이 아무리 잘나도 아버지 이력 때문에 진로에 한계가 있으리라 예상해 미리부터 싹을 잘라놓으시려던 것이다. 그래서 자식들이 공부 잘하는 것을 결코 기뻐하지 않으셨고, 항상 중간만 하라고 타이르셨다.

어린 시절 이념이나 역사에 대해 전혀 몰랐던 나는 그런 아버지를 이해하기 어려웠다. 다른 집은 상을 받아 오면 칭찬해 주는데 우리 집에서는 아무리 상을 받고 공부를 잘해도 환영받지 못했다. 당연히 집에는 동화책 한 권이 없었고,

참고서는 중고 서점에서 구입해 쓰다 보니 신간과 일치하지 않는 문제들이 종종 들어 있었다. 그래서 한창 사춘기였던 고등학생 때는 학교조차 가기 싫었다.

당시엔 돌아가며 문제를 읽고 답을 말하는 식의 수업 방식이 많았는데 나는 번호가 안 맞기 일쑤인 중고 문제집을 옆 짝꿍 것과 비교해 확인하느라 수업 시간마다 긴장했고, 자연히 주눅이 들었다. 자의식이라도 좀 약했으면 살기 편했으련만 안타깝게도 자의식이 너무 강한 아이였다. 특히 아들과 딸을 심하게 차별하던 엄마와 불화가 심했던 터라 집에도 가기 싫고, 학교에도 가기 싫어 매일 거리를 배회하며 그 중요한 학창 시절을 낭비하고 말았다.

폭력 남편 피해 나이 많은 남자와
재혼하신 어머니

우리 엄마 역시 신산스러운 삶을 살다 아버지와 두 번째 가정을 이루셨다. 엄마는 당시 남원 지역에서 꽤 유지급 집안의 5남매 중 넷째로 태어났으나 안타깝게도 겨우 여섯 살 때 엄마의 어머니, 즉 외할머니가 돌아가셨다고 한다.

외할아버지는 곧 재혼해서 배다른 자식 둘을 연이어 낳으셨기에, 엄마는 결혼한 큰오빠 집에서 더부살이하며 조카들 돌보느라 학교도 제대로 다니지 못하셨다. 그렇게 가정부 아닌 가정부로 살다 중매로 얼굴도 안 보고 시집을 가셨는데, 하늘이 무심하게도 결혼해 보니 신랑이 정신이상자였다고 한다.

결혼 후 3년 정도 흘렀을 무렵, 시집간 여동생이 잘 살고 있는지 궁금했던 엄마의 큰오빠(나의 외삼촌)가 여동생 집을 찾았다. 그런데 마침 여동생이 정신 나간 남편에게 두들겨 맞는 장면을 목격하고, 그 자리에서 여동생을 데리고 나오면서 자동적으로 이혼의 수순을 밟았다고 한다.

우리 엄마는 잠시 큰오빠 집에서 이혼녀로 지내다 또 아버지의 나이를 여러 살 속인 중매쟁이의 농간에 넘어가, 실제로는 열여섯 살이나 연상이고 가진 것 하나 없던 북한 출신 아버지랑 재혼하셨다. 불과 몇 년 전까지도 엄마는 사기 결혼 운운하셨다.

우리 부모님은 정말 영화나 드라마에 나올 법하게 매우 특이한 인생 역정을 거치셨다. 이처럼 흙수저 중에도 진짜 흙수저 가정에서 자란 나는 시간이 더디게 흐른다며 한탄하곤 했다. 하루빨리 성인이 되어 자립하고 싶었다.

흙수저의 삶은
쉽게 끝나지 않는다

"너는 대기만성형인 것 같아."

언젠가 친구가 불쑥 이렇게 얘기한 한 적이 있다.

그런가? 내가 대기만성형 인간인가? 곰곰이 생각하다가 대기만성이라는 말은 가난한 집 출신들에게 성공의 어려움을 내포하는 동시에 성공 가능성에 대한 희망을 심어주는, 일종의 마약 같은 사자성어일지 모른다는 결론에 이르렀다.

가난한 집에 태어나면 성공하기도 쉽지 않지만 성공을

하기까지 오래 걸릴 수밖에 없다. 그렇게 극히 일부의 성공 사례는 대기만성형 인간으로 비치는 것이다. 누구나 빨리 성공해서 안정된 생활을 누리고 싶지만, 태어난 조건이 좋지 않으면 그 길을 찾아가는 데 오랜 시간을 돌고 돌아야 하는 것이 현실이었다.

쉽게 얻은 것은 쉽게 잃는다, 첫 직장의 깨달음

경제적 어려움으로 달리 선택의 여지가 없었던 나는 학비가 별로 안 드는 지방 국립대에 진학했다. 그리고 남들보다 조금 빨리, 4학년 2학기가 시작되기 전 공공 기관에 공채로 입사했다. 언뜻 보면 정말 운이 좋은 케이스였는데 이 '첫 운' 이후 내 직업 운은 10년 이상 좋지 않았다.

그 첫 직장이 지금의 건강보험공단 전신인 지역의 의료보험조합이었다. 대학 4학년 때 연습 삼아 본 첫 입사 시험에 덜컥 합격하여 여름방학부터 출근하기 시작했다. 입사하자마자 저소득 외곽 지역 주민센터에 파견 나가, 지역 의료보험의 잠재적 대상자들에게 전 국민 의무 의료보험료를 강제 징수하는 일을 담당했다.

지금이야 매달 건강보험료 내는 것을 모든 국민들이 당연하게 여기지만, 1991년 당시는 제도의 초기 단계여서 상황이 달랐다. 병원에 가지도 않는데 매달 돈을 내야 한다는 사실을 납득하지 못하는 사람들이 적지 않았다. 나는 그렇게 이해가 부족한 사람들이 유독 많이 사는 도시 외곽 지역에 발령을 받아 허구한 날 민원인들에게 일방적으로 혼나다가, 같이 싸우다가를 반복했다.

　대학도 졸업하기 전, 게다가 첫 시험에 합격해 입사하는 바람에 민원인들을 상대할 만한 마음의 준비도 갖추지 못한 탓도 있지만, 하필 내가 발령받은 지역은 험지로 치부되던 곳이기도 했다. 막 입사한 어린 여직원을 배려해 보다 쉬운 곳에 배치한다는 게 그만 인사 담당자의 착각으로 반대 결과를 빚었다는 사실을 뒤늦게 알았다. 입사 운은 좋았으나 그것이 실제 좋은 운은 아니었던 셈이다.

　한마디로 '쉽게 얻은 것은 쉽게 잃는다'는 삶의 진리를 뼈저리게 체험한 첫 직장이었다. 결국 남들이 부러워하던 직장을 고작 1년 7개월 만에 그만두었고, 더욱이 퇴사 몇 달 전부터 주경야독으로 독서실에서 열심히 준비하던 시험에서는 보기 좋게 낙방하고 말았다. 이후 나는 먹고살 일을 걱정하며 몇 달을 지내야 했다. 그렇게 좌표를 잃고 방황하다 우연찮게 지방 일간지 수습기자 모집 공고를 본 언니의 제안으로 지방 신문사에 입사했다.

여자라는 이유만으로, 남녀 차별의 현장

신문사 시절 역시 흑역사의 연장이었다. 단지 여자라는 이유로 변변한 능력 발휘 기회조차 얻지 못한 채 5년간 한직만 전전했다.

지금은 언론사에 여성 간부들도 있고 누구나 선호하는 정치부 같은 곳에도 여기자들이 진출하는 시대이지만, 1990년대 중반에는 여성 노동자를 보호하는 최소한의 법규조차 전무하다시피 했으니 남성으로 가득 찬 지방 신문사에서 평범한 여성인 내게 좋은 부서가 주어질 리 만무했다. 취재부에는 나 혼자 여성이거나 나 말고 다른 여성 한 명 정도가 잠시 근무하다 사라지는 분위기였다.

나는 문화부, 그것도 주로 여성(생활)부 파트를 거의 전담했다. 특히 여성부는 당연히 여성이 담당하던 금남의 파트여서 전혀 경쟁적이지 않았고, 그마저 낙하산으로 여자 후배라도 등장하면 내근직으로 밀려날까 걱정하는 처지가 되곤 했다. 당시 남자들은 처음부터 사회부에 배치받는 게 일반적이었고, 문화부에 배치됐어도 얼마 안 돼 사회부나 경제부, 정치부로 옮겨가는 식이었다. 여자라는 이유만으로 받는 이런 차별에 시시때때로 울화가 치밀던 시절이었다.

나는 남아 선호 사상이 극심했던 엄마 때문에 딸로서 받은 불이익이 한처럼 남아 있었는데, 직장도 대표적인 남성 위주의 신문사였던 것이다. 울분을 삭인 채 사표 낼 시기만 모색하며 버티던 신문사 기자 생활은 2000년 밀레니엄의 도래와 함께 막을 내렸다. 당시 30세 문턱을 갓 넘은 내 수중에는 돌려 막다가 못 갚은 신용카드 빚 70만 원과 막 할부가 끝난 티코 한 대가 전부였다. 아무 대책 없는 싱글로서 30대를 맞은 것이다.

주위의 친구들은 대부분 결혼을 한 상태였다. 사귀는 남자가 없었던 친구들도 20대 후반 서둘러 선 시장에 나가 선을 몇 번 보더니 30이 되기 전에 결혼을 했다. 당시에는 흔한 풍경이었다. 나는 직장 생활이 이렇듯 엉망이 된 데다 집안에서 혼수를 해줄 형편도 아니어서 선 시장 진입은 꿈도 못 꾼 채 결혼과 멀어졌다.

꿈꾸던 미국 유학, 영어에 발목 잡히다

그렇게 30대에 접어든 이후 대학의 한 연구 센터에서 비정규직 행정 일을 하며 대학원 공부를 시작했다. 이 기간이 밑알이 되어 내친김에 미국 유학까지 마음먹는, 대전환의 시기를 맞았다. 미국의 대학원 중심 상위권 박사과정은 학비가 면제인 데다 혼자 살기에 그리 부족하지 않은 생활비까지 지원해 준다는 사실을 알게 됐다.

당시 나에게는 3년여 동안 모은 돈과 퇴직금을 합해 3천만 원 정도가 있었는데 이 돈을 종잣돈 삼아 미국 박사 유학을 준비했다. 들어가기만 하면 돈이 해결되니까 '앞으로 인생은 모 아니면 도'라는 심정으로 다니던 직장까지 그만두고 매진했는데, 한 가지 실수는 내가 영어를 심하게 못한다는 사실을 망각하고 있었다는 점이다.

정말 나는 영어 실력이 형편없었다. 솔직히 지금도 유학 파치고는 영어를 못하는 편인데, 당시에는 말하기는커녕

듣기, 쓰기도 전혀 안 될 뿐더러 기억하는 영어 단어도 몇 개 없는 수준이었다. 단순 문법 위주로 교육을 받다 그나마 중단한 지 오래된 터라 실로 영어가 난관이었다. 미국 박사 과정에 진학하려면 비영어권 국가 출신이기에 토플과 일반 대학원 입학 자격시험인 GRE에서 높은 성적을 내야 하는데, 나는 당시 거의 영어 문맹에 가까운 실력이었던 것이다.

얼마 안 되지만 모아둔 돈을 가지고 강남의 어학원 옆 고시원에 들어갔다. 낮에는 어학원에서 수업을 듣고, 돌아와서는 한 평짜리 고시원에서 밤늦게까지 공부하는 생활이 이어졌다. 6개월간 외롭고 추운 고시원 생활을 했으나 필요한 성적은커녕 원서를 내기에도 말이 안 되는 점수로 고전하고 있었다.

그렇게 영어라는 난관에 부딪혀 헤매던 시기에 구원처럼 대학원 은사님으로부터 뜻밖의 제안을 받았다. 미국 LA에 있는 노인복지시설에서 직원을 뽑는데 현지의 구인난으로 인해 한국에서 데려오고 싶어 한다며, 나를 추천해 주시겠다는 것이다. 이후 현지 기관 스폰서가 의뢰했던 변호사의 업무 미숙으로 취업 비자가 거부되는 사태를 겪고, 내가 직접 비자 서류를 작성해 재도전하는 우여곡절 끝에 결국 LA 인근의 노인복지시설에 입사했고, 유학 준비를 잠시 중단한 채 일을 하게 되었다.

라라랜드, 좌절 속에서 버텨낸 시간들

LA에서의 직장 생활은 형편없는 영어 실력 때문에 기본적으로 긴장과 주눅 듦의 연속이었다. 내가 맡은 시설 이용자가 우리나라에서 이민 온, 영어 못하는 노인들 위주여서 그럭저럭 눈치로 버티며 일했지만 늘 영어와 전쟁을 치르는 기분이었다. 그러면서 주경야독으로, 밤이면 동네 도서관에 가서 시험 준비를 하는 날이 계속되었다.

미국에서 산다고 영어 점수가 쉽게 오르진 않았다. 토플과 GRE 두 시험을 합해 열 번 이상 본 듯하다. 시험을 보러 LA 인근 토플 센터까지 1시간씩 운전해서 가곤 했는데, 시험을 마친 직후 컴퓨터에 뜬 점수를 확인할 때마다 느낀 좌절감은 상당했다.

그날도 역시 점수가 안 나와서 평소와 같이 좌절에 빠진 날이었다. 닭똥 같은 눈물을 떨구며 LA의 굽이치는 고속도로를 운전하며 돌아오던 길, 도로 난간에 줄지어 세워져 있는 낭떠러지 추락 방지용 흰색 가벽에 가서 얼마나 차를 박아버리고 싶던지…. 그냥 당장 사라져 버리고 싶을 만큼 내 자신이 한없이 초라해짐을 경험하고 또 경험한 시절이었다.

수년 동안의 눈물 어린 영어 시험 분투기는 마침내 웬만한 유수의 대학에 원서를 넣어볼 수 있는 점수가 나오면서 막을 내렸다. 박사과정 입학생에게 전액 수업료 면제와 생활비 보조를 해주는, 미국의 상위 20위권 내 사회복지대학원 과정 열 곳에 원서를 넣었고 그중 일곱 개 대학으로부터 합격 통보를 받았다.

장학금을 받은 덕분에 돈 걱정 크게 하지 않고 무사히 공부를 마쳤으며, 7년 만에 꿈에도 그리던 고국으로 돌아올 수 있었다. 유학하기로 마음먹고 유학을 준비한 기간부터 취업 비자를 기다리던 시기, 미국 생활 7년, 그리고 돌아와 임용되기까지 무려 10년이란 시간이 걸렸다.

그렇게 나는 44세가 되어서야 비로소 원하던 직장에 정착할 수 있었다. 이제 직장은 해결됐으니 마침내 비어 있는 내 삶의 절반을 채우고 싶어졌다. 그것은 사랑하는 사람을 만나 가정을 꾸리는 일이었다. 그러나 몇 번의 소개팅 후 내가 깨달은 건 결혼을 하기엔 너무 늦어버렸다는 뼈아픈 현실이었다.

결혼 대신 직업을
택한 건 아닌데

나는 44세에 대학에 자리 잡은 후 진정으로 결혼을 하고 싶었다. 이제 좋은 남자 만나 사랑을 하고 가정을 꾸리면 비로소 내 인생이 완성될 것이라 생각했다. 자아실현을 위해 열심히 달려와 성취했듯이 결혼도 작정하고 조금만 노력하면 어렵지 않게 할 수 있을 줄 알았다.

흑역사로 남은 중년의 소개팅
그러나 현실은 싱글 남성을 만날 기회조차 별로 없는, 사막

과도 같았다. 내가 산업체가 드문 중소도시 전주에 살아서 더 그런 것일 수 있는데, 40대 중반 고학력 여성에게는 소개팅의 기회가 거의 없었다. 그나마 나간 소개팅 자리에서는 번번이 뭔가 조화되기 어려운 중년 남녀가 부자연스럽게 앉아서 무미건조한 이야기를 몇 마디 나누다 멋쩍게 돌아가는 풍경이 연출되곤 했다.

인연이 되려면 일단 서로 연애에 대한 기대를 안고 나와야 할 텐데, 소개받은 중년 소개팅 남성들은 만나자마자 이런 비싼 곳에서 소개팅을 처음 해본다고 볼멘소리를 하거나, 내가 도착했을 때 이미 커피숍에서 꾸벅꾸벅 졸고 있을 정도로 기대가 전혀 없어 보이거나, 자기가 낼 수 있는 시간이 딱 1시간이니 직장 앞에서 만나자고 하거나, 혹은 원래 직장 동료가 나와야 하는데 나가기 싫다고 해서 대타로 나왔다거나… 하는 식으로 심하게 무성의했다.

마지막 대타 남성을 제외하곤 나랑 나이가 비슷한 미혼들이었다. 그중 1시간짜리 소개팅 제안남은 정말 어이도 없고 굴욕적이라는 느낌마저 들어 전화 통화로 그쳤고, 나머지 세 사람을 만난 것이다. 상황이 이렇다 보니 '내가 왜 여기 나와서 모르는 아저씨하고 이러고 있나' 하는 생각이 들 정도로 어색하고 씁쓸했다.

이런 상황을 나만 겪은 건 아니었던 모양이다. 대학에는 공부하느라 혼기를 놓친 중년 싱글 여성들이 꽤 있는데, 당시에 나만큼 최악은 아니더라도 대부분 미혼 소개팅남들의 무성의함, 무례함에 상처받은 에피소드가 빈번한 수다의 소재였다.

직업이나 외적 조건이 나쁘지 않은데 미혼 상태로 소개팅에 나오는 남성들은 일반적으로 여성과 잘해 볼 의지도, 매너도 없는 듯했다. 특히 우리나라에서는 남성이 자신보다 어린 여성과 맞선을 보는 문화가 팽배한 데다, 직업이 좀 괜찮다 싶은 중년 남성에게는 나이 차 많이 나는 젊은 여성도 중매가 들어오기 때문에 나처럼 또래의 중년 여성이 매력적으로 다가오지 않아 더 그랬을지도 모른다. 이 생각이 비단 나만의 피해망상은 아닐 것이다. 자존감만 낮아지는 몇 차례 소개팅 후 나는 깨달았다. 이런 식으로는 결혼을 하지 못하겠구나 하는 것을.

당시 마지막 소개팅을 마치고 돌아오는 길에 나는 소개

팅을 열심히 주선해 주던 친언니에게 전화를 걸어, 다시는 소개팅이나 선을 보지 않겠노라고 선언했다. 그러자 언니가 전화기 너머로 탄식하며 말했다.

"에휴~ 내 동생이 어때서…"

이 말은 마치 남성들에게 선택받지 못한 동생의 처지를 속상해하는 듯해서 더 상처가 되기도 했다. 이처럼 내 중년 소개팅 역사는 막을 내리는 듯싶었다.

결혼 포기 후 들이닥친 극심한 우울감

일천한 소개팅의 역사가 마무리된 후 한동안 깊은 우울감에 시달려야 했다. 열심히 공부해서 여기까지 왔건만 결국 남은 삶도 혼자 살아야 한다는 현실과 맞닥뜨리다니. 이것은 정말 예상치 못한 결과였다.

36세에 가진 걸 모두 쏟아부어 홀로 미국행을 감행한 것도, 절대고독의 경지를 체험하면서까지 외로움과 사투를 벌이며 견뎌낸 것도, 돌아와서는 외롭지 않게 살 거라는 희망이 있었기에 가능했다. 당당히 자아실현을 하고 돌아와 가족들과, 그리고 누군가와 가족을 이뤄 함께 살고 싶다는

소망이 있어 버틴 것이지, 결혼 대신 직업을 선택한 건 결코
아니었다.

직업과 결혼은 상호 보완적인 것이 아니다. 직업은 생존
과 자아실현을 위해 필요하고, 결혼은 사랑하고 또 사랑
받고 싶은 욕구를 충족하는 데 필요하기에 그 용도가 다르
다. 자아실현이 됐다고, 먹고사는 문제가 어느 정도 해결
됐다고 행복이 자동으로 따라오는 건 아니듯이, 원하던 직
업을 얻었다고 해서 사랑받고 싶은 욕구가 없어지는 것은
아니다.

혼자서라도 행복하게 살고자
행복학에 길을 묻다

나는 정말 행복해지고 싶었다. 둘이 될 운명이 아니라면 혼
자서라도 행복해지고 싶었다. 이토록 우울해지려고 바둥거
리며 살아온 것은 아니었다. 그러나 구도자의 길을 가듯 열
심히 읽었던 행복학 서적들은 내게 행복의 길을 당황스러
운 방향으로 알려주었다.

행복은 혼자서는 성취할 수 없고 사랑하는 누군가와 함

께해야 가능하다는 것이다. 그 대상으로 배우자나 연인이 가장 강력한 존재임은 분명해 보였다. 혼자서도 행복한 길을 찾기 위해 읽었던 행복학 서적에서 사실상 둘이어야 행복해진다는 결론을 발견하다니. 물론 성직자나 득도한 사람은 다르겠지만 나처럼 평범한 사람들의 행복은 그렇다는 것이다.

다시 말해 열심히 살자고 다짐한다고, 혼자서 성찰하고 노력한다고 해서 행복해지는 게 아니라, 사랑하는 사람과 함께 있을 때 비로소 행복이라는 감정 회로에 반짝반짝 불이 켜진다는 얘기다. 행복의 비밀은 대단한 이론이나 철학이 필요한 게 아니고, 그저 사랑하는 사람과 맛있는 음식을 함께 먹을 때 솟아난다는 데에 있었다.

행복의 진실을 알게 된 후에도 특별히 '사람'을 찾기 위해 노력하지는 않았다. 귀찮기도 했고, 무엇보다 나처럼 예민하고 가방끈 긴 노처녀에게는 가뜩이나 낮은 중년의 소개팅 성공률이 거의 희박한 수준일 거라고 예단하면서 '여우와 신포도'처럼 내 게으름을 합리화했다. 그 후 어정쩡하고 욕구불만만 안겨주었던 '썸' 같은 연애가 한차례 지나가고 평생 홀로 사는 삶을 받아들이기로 했다가 뜻밖에 지금의 남편을 만난 것이다.

나는 지금 행복학의 결과를 직접 증명해 내고 있다. 역시 행복은 사랑하는 사람과의 알콩달콩한 관계 속에서 부지불식간에 느끼는 경험임을 확신한다. 사랑하는 사람과 맺는 안정적인 관계는 결코 혼자서는 경험할 수 없는 행복감을 선사한다.

결혼, 누구에겐 너무 쉽고
누구에겐 너무도 어려운

나는 남편을 만나면서 '결혼이 이렇게 쉬운 거였구나!' 싶어 삶에 배신감이 들 정도였다. 그렇게 하고 싶었을 때는 어렵더니, 이리도 쉬운 거였어? 유구한 세월 동안 실패한 연애사로 쪼그라들었던 내 자존심을 생각하면 허탈하기까지 한 결과였다.

우리 커플은 서울과 전주에 떨어져 살아서 일주일에 한 번씩만 만났는데, 네다섯 번 정도 만난 후 대뜸 '이 남자랑 결혼해야겠다'는 생각이 들었다. 이것은 눈에 콩깍지가 씌어서도 아니고, 남자에 굶주리거나 결혼에 목매서도 아니다.

남편을 만나기 약 6개월 전, 무려 10여 년 만에 한 연애가 3년의 짧지 않은 기간 동안 공을 들였음에도 결별로 끝난 후 솔직히 결혼에 대한 기대를 완전히 접었다. 마지막 상대는 이혼한 지 얼마 안 된 친구라 결혼이라면 아주 넌더리를 냈는데, 그것을 알면서도 나는 30대 초반 이후 공백이었던 남자친구란 존재가 간만에 생긴 터라 차마 인연의 끈을 놓지 못했다. 공일오비의 노래 〈아주 오래된 연인들〉처럼 당장 헤어져도 이상하지 않을 뜨뜻미지근한 관계를 질질 끌던 상태였다. 결국 결별의 순간은 왔고, 내게 결혼 복이 없음을 깨닫고는 혼자 잘 사는 방법이나 공동체 만들기 같은 유의 서적과 영상물을 뒤져보곤 했다.

그렇게 지내다 이젠 소개팅이 귀찮기도 하고 또다시 실패해 씁쓸해질까 마뜩잖은 가운데 '술김에' 약속하고 기대 없이 나간 자리에서 운명적 만남이 이루어진 것이다. 이렇게 결혼할 인연은 쉽기도 한 것이었다.

그래서 나는 알게 되었다. 결혼은 내가 마음먹는다고, 노력한다고 할 수 있는 것도 아니지만 그렇다고 완전히 운명인 것도 아님을. 어느 쪽에 더 비중을 두느냐 묻는다면 나는 운명의 비중이 높다고 본다. 하지만 중년엔 어느 날 갑자기 마법처럼 사랑에 빠지는 운명을 기대하긴 어렵고, 그저 만났을 때 '왠지 이 사람하고는 잘되겠구나' 하는 느낌이 드느냐가 관건인 듯싶다. 나이 들어 결혼할 운명의 상대를 만나면 서서히 조금씩, 그러나 흔들림 없는 확신으로 서로를 알아보게 되는 듯하다.

20대에는 노력을 딱히 안 해도 주위에 남자가 많고 연애할 기회도 꽤 있다. 그러나 30대로 접어들면 그 기회가 반 이상 줄어들고, 40대 넘어서는 현저하게 줄어든다. 기회 자체가 적어지면서 절로 포기하는 경우가 많다. 이게 딱히 능력이나 외모, 성격의 문제라거나 소위 '노오력'의 문제라고도 할 수 없다.

중년 결혼에는 운명과 더불어 약간의 노력이 필요한데 그 노력이라는 것은 별다른 게 아니다. 좀 피곤해도 사람 만날 기회에 노출되려는 노력, 한눈에 반하지 않더라도 시간을 두고 그 사람을 알아가려는 노력, 청춘 시절 놓친 결혼 상대의 프로필과 비교하지 않으려는 노력, 남들 시선을 신경 안 쓰려는 노력 등이 그것이다. 특히 자존심을 내려놓고 상대를 온전히 바라보며 대우하려는 노력이 중요하다. 상대방도 이 나이까지 생존하느라 애쓴, 존중받아 마땅한 사람이므로.

나이가 들면 사람들은 대부분 살아온 세월의 무게만큼 풍기는 분위기부터 다소 무거워진다. 연애 상대로서 매력적이고 상큼한 느낌보다는 부담스럽고 중후한 모습으로 서로 마주하기 때문에 연애가 쉽게 이루어지기 힘들다.

특히 오래 연애를 쉬다가 선이나 소개팅에 나가려는 사람은 사진으로 보이는 상대방의 중후한 외모에 약간 놀랄수 있다. 자신의 노화된 얼굴은 망각한 채 '내가 이렇게 나이 든 사람하고 소개팅하러 가는 건가' 싶을 수도 있다. 이처럼 처음부터 소개팅이 망설여질 가능성도 높고, 섣불리 상대방과 결혼해서 사는 상상을 하다 엄두가 안 나 소개팅을 포기하기도 한다. 이 같은 문제로 고민하는 후배들에게 내 생각을 말하자면 이렇다.

첫째, 미리부터 결혼을 생각하지 말고 그냥 사람 한 명 안다는 마음으로 가볍게 만나보자. 결혼을 전제해 버리면 너무 부담스러워져서 첫 만남조차 이루어지기 어렵다. 주위 미혼 여성들 중에는 남성을 소개받으면 곧 결혼해야 할 것처럼 이것저것 따지며 고민하는 경우가 많다. 아니 누가 자기한테 결혼하자고 했나? 상대는 생각도 없는데, 만나기 전부터 결혼을 전제로 이건 이래서 싫고 저건 저래서 안 된다며 상상의 결혼 소설을 쓴다. 연애도 힘든데 결혼은 얼마나 더 힘든 일인가. 지레 혼자 결혼까지 너무 앞서 나가지 말고 가볍게 친구 만나러 가는 것처럼 생각했으면 한다.

둘째, 소개팅이나 선을 봤을 때 애프터를 받지 못한다고 상처받지 말자. 어차피 인연을 만나는 게 쉽지 않다는 것쯤은 알고 있지 않은가. 내가 아는 선배 언니는 40대 중반에 선을 100번 정도 보고 결혼해서 10년이 지난 지금까지 잘 살고 있는데, 주위 사람들은 선배의 노력에 진심으로 박수를 보냈다.

선배는 청춘 시절 아주 자유롭게 싱글 라이프를 즐기며 결혼에 별 관심이 없는 듯 보였다. 그런데 40대 중반 어느 날 결혼을 해야겠다고 선언하더니 유료 선 시장에 뛰어들었고, 거의 100번 만에 남자를 만나 결혼하는 집념을 보여

줬다. 선배를 보면 결혼에서 노력의 중요성도 간과할 수 없다는 생각이 든다. 그 반면 나는 귀국 후 40대 중반 세 번의 소개팅 이후 선이나 소개팅을 일절 접었기 때문에 운명에 기대어 산 편이다. 하지만 운명은 그 길을 쉽게 허락해 주지 않았다.

세상에 쉬운 일이 어디 있겠는가. 돈 버는 일도, 연애하는 일도, 또 결혼하는 일도…. 그러므로 원하는 학교에 가기 위해 열심히 공부하고 원하는 직업을 얻기 위해 열심히 노력하듯이, 누구에게는 결혼도 열심히 노력해서 이루어야 하는 의미인 것이다. 부자 부모를 만나지 못했다고 운명만 탓할 수 없듯 남들처럼 쉽게 인연을 만나지 못했다고 원망해 봐야 소용없다. 어쩌겠는가, 운명이 나에게는 그런 행운을 허락하지 않는 것을.

여하튼 나처럼 예기치 않은 순간에 찾아온 운명의 상대를 알아보든, 선배 언니처럼 선을 보고 노력해서 결혼을 선택하든 중년의 결혼은 양쪽 모두에게 삶의 만족도를 높여준다. 이것을 경험으로 체득한 이후 나는 나이 들어 하는 결혼을 권장하고 있다.

우선 남자 보는 눈이 어려서보다 정확해진다. 거를 남자와 괜찮은 남자를 구분하는 눈이 생겨, 일단 연애를 시작하게 되는 남자는 예전에 만났던 철없는 남자보다 나을 확률이 높다. 또 한 가지, 중년엔 초혼이니 재혼이니 유무를 따지지 않을 때 좋은 남자를 만날 가능성도 더 커진다. 이제 우리 자신이 온전히 타인을 품을 수 있을 만큼 성숙해졌다는 사실을 꼭 기억하기 바란다.

우리 예상을 깨는
재혼 통계

오래전 베스트셀러 중에 《화성에서 온 남자 금성에서 온 여자》란 책이 있었다. 나 역시 열심히 읽었지만 지금 기억에 남아 있는 내용은, 갈등이 생겼을 때 남자는 혼자 동굴로 들어가 조용히 생각하고 싶어 하나 여자는 남자에게 얘기하며 풀고 싶어 한다, 고로 이처럼 문제 해결 방식이 서로 달라 힘들다는 것 정도다. 어쨌거나 남자와 여자의 다름을 일부 알게 해줬다는 점에서 의미 있는 책이었다.

아마 20대에 그 책을 읽은 것 같은데, 나는 내 특성이 여자가 아니라 남자에 가깝다고 생각했던 기억이 난다. 나 역시 인간관계에서 갈등에 부딪혔을 때 동굴로 들어가 혼자 조용히 성찰할 시간을 원했기에, 그 책이 이해가 되면서 이해가 되지 않기도 했다. 연인과 갈등이 생기면 즉각 해소를 도모하기보다는 그 순간을 회피하고 좀 시간을 갖고자 했는데 그게 상대에게 더 큰 화를 불러일으킨 적도 있다. 어느 것이 지혜로운 행동인지는 지금도 단언하기 어렵다. 상황에 따라, 서로의 특성에 따라 다를 테니까 말이다.

다만 나이가 들면서 '다음을 장담하기 어렵다'는 사실을 알게 되니, 인간관계의 앙금도 즉시 푸는 게 낫다고 생각한다. 도움을 줄 때도 바로바로 주고 갈등을 풀 때도 바로바로 풀어버려야지, '나중에 해야지' 했다가는 잊어버리거나 귀찮아져 못 하고 만다. 나이 들수록 기억력도 나빠지고 그런 일에 신경도 덜 쓰게 돼서 생각지 않게 상처를 줄 수 있다. 그래서 웬만하면 해줄 일은 바로 해주고 못 해줄 일은 즉각 부드럽게 거절하는 방법을 터득하는 것이 인간관계에서 매우 중요한 지혜라고 생각한다.

'재혼남-초혼녀'보다 많은
'초혼남-재혼녀' 커플

이혼이 늘어난 만큼 재혼도 흔해진 요즘, 문득 재혼에 관한 통계가 궁금해졌다. 국가통계포털 사이트에서 검색한 결과 2021년 기준 우리나라 평균 재혼 연령은 남성 50.65세, 여성 46.5세. 최근 전체 혼인율이 지속적인 감소 추세인 것처럼 재혼율 역시 감소하고 있었다.

가장 흥미로웠던 내용은 재혼자의 구성비였다. 전체 재혼 건수 중 '남녀 모두 재혼'인 경우가 물론 가장 많으나, 그 다음은 '남성이 초혼, 여성이 재혼'인 경우였다. 이 같은 현상은 지난 3년간 동일했는데, 2019년부터 2021년까지 '남성이 초혼, 여성이 재혼'으로 결혼한 케이스가 '남성이 재혼, 여성이 초혼'인 경우보다 35~45프로 정도 많았다.

기성세대들이 흔히 예상하는 것과 다른 결과였다. 우리 세대까지만 해도 남녀 재혼끼리 아니면 오히려 '남성이 재혼, 여성이 초혼' 커플이 더 많으리라 짐작하기 쉬운데 현실은 반대인 것이다. 이들이 어떤 프로필을 가졌고 어떤 식으로 만나 결혼했는지는 알 수 없으나, 어쨌건 우리 사회의 변화를 상징하는 단면이 아닌가 싶다.

내 주위에는 결혼을 원하나 시기를 놓친 중년 미혼 여성들이 여러 명 있다. 내가 결혼해서 행복한 만큼 그 친구들에게도 좋은 사람이 생겼으면 하는 바람인데, 소개해 줄 만한 미혼 남성들이 너무 없다. 그나마 존재하는 싱글들은 남편 친구 통해 알게 된 사별남이나 소수의 이혼남 정도로, 미혼 여성에게 재혼남을 선뜻 소개하기가 쉽지 않은 게 사실이다.

나는 재혼남과 소개팅으로 만나 결혼했으면서 내 또래나 후배들에게 소개의 말조차 꺼내기 어려운 이유는 뭘까?

나에게 괜찮다고 다른 사람에게도 괜찮은 건 아니기 때문이기도 하지만, 나 역시 낡은 사고에서 벗어나지 못해서는 아닌지 재혼 커플 통계를 보며 생각한다. 영화나 드라마에서처럼 어쩌다 한눈에 반해 사랑한다면 미혼이건 이혼이건 상관없겠지만 현실에선 그런 일이 잘 벌어지지 않는다. 그러므로 결혼 의사가 있다면 선이나 소개팅 같은 노력이라도 해야 한다.

재혼자와의 만남이 꺼려지는 미혼들에게

중년 미혼 여성들은 어느 시기가 되면 이상적으로 바라는 초혼남을 고수하며 결혼 가능성이 낮아짐을 감수해야 하느냐, 아니면 재혼 케이스도 고려해야 하느냐 하는 갈림길에 서게 된다. 그것이 내 경우엔 40대 중반으로 접어들면서였다. 나이에 대한 현실 인식 차원에서도 그랬고, 예의 없는 미혼남들과의 소개팅으로 인한 전격적인 사고의 전환도 한몫했다.

그즈음 나랑 비슷한 처지의 미혼 여성들 역시 같은 문제의식을 공유했다. 그렇다고 재혼남을 더 선호하게 된 것은 아니지만, 고려 선상에서 배제시키지 않는 정도로 점차 수용했던 듯하다. 모두들 '결혼을 하고 싶으나 그렇다고 반드시 해야 한다고는 생각지 않는' 싱글들이어서 그저 운명을 탓하며 소극적으로 살다가, 어느 날 재혼남과 소개팅하라는 말에 발끈하지 않고 나갔을 뿐이다.

요즘은 만혼이 대세가 되었고 재혼도 흔한 풍경이 되어간다. 이런 마당에 미혼자로서 재혼자와의 결혼이 꺼려진다면 자신이 어느새 케케묵은 사고의 소유자가 된 것은 아닌지 돌아보자. 물론 누군가는 결혼이 너무 심각한 일이라서 현실적으로 재혼 케이스를 받아들이기 어려울 수 있다. 또 누구는 결혼이 별로 절실하지 않아 자신의 기준, 즉 같은 초혼자여야 한다는 것을 포기할 필요성을 느끼지 못할 수도 있다.

어떤 선택이 옳고 그른가는 답도, 의미도 없겠지만 중요한 것은 개개인이 가진 삶의 가치나 지향 면에서 '그런 조건이 자신에게 얼마나 중요한지'가 아닐까 싶다. 그 조건이 절대 포기할 수 없는 심각한 문제인가에 대해 스스로 답해 보면 좋을 듯하다.

나는 내가 원하는 행복한 삶을 위해 다소 아쉬운 조건을 그리 어렵지 않게 받아들였지만, 이것이 꼭 대안적 정답이라고는 할 수 없다. 다만 좋은 사람이라면, 나랑 살기에 좋은 사람이라면 조건의 제약은 그다지 중요하지 않을 수 있다고 넌지시 말하고는 싶다. 남성에게도 마찬가지로….

솔직히 말해 결혼 초기에 '남편이 지금 이대로면서 나처럼 미혼이었다면 얼마나 좋을까' 하는, 부질없는 생각을 한 적이 있다. 하지만 그것은 잠깐의 망상으로 끝났다. 내가 지금 사랑하는 남편의 품성과 태도를 만든 데는 '아버지'로서의 엄중한 삶의 경험도 작용했으리라는 생각이 들었기 때문이다.

과연 '화성에서 온 남자'와 '금성에서 온 여자'는 나중에 어떻게 되었을까?

나라면 아마도 "화성에서 온 남자와 금성에서 온 여자는 지구에서 같이 살면서 비슷한 사람이 되었다"라고 쓸 듯하다. 그들은 중년이 되어 둘 다 남성도 여성도 아닌, 그저 '인간'으로서 서로 기대며 살아갔다는 결말이 그것이다.

중년이 되고 보니 남자, 여자 이런 구분이 별로 의미가 없다. 초혼, 재혼도 그다지 의미가 없다. 혼자 살 때보다 행복하면 그만 아닌가. 어쨌거나 좋은 동반자가 있다는 것은 행복이고 축복이다! 특히 친구도 점차 사라져 가는 중년에 친구 같은 남편이 곁에 있다는 것은 생각보다 꽤 든든한 일이다.

중년이 되니
친구가 없다

"이 사람들을 만나면 눈치 안 보고 자랑할 수 있어서 좋아. 자랑하고 싶어 혼났네."

어느 날 가깝게 지내던 지인이 식사 모임에서 우리 부부를 보고 기분 좋게 건넨 말이다. 모처럼 자식들이 잘돼서 자랑하고 싶었는데 막상 자랑하려니 그럴 만한 사람이 별로 없더란다.

그 지인은 지역사회에서 마당발 중의 마당발인 분이다. 항상 주위에 사람도 많고 이러저러한 일을 상담해 주느라 전화기를 붙들고 사는 분인데, 그렇게 얘기해서 처음엔 눈을 동그랗게 떴다. 그러나 조금만 더 중년의 실체에 대해 생각해 보면 당연한 일이기도 하다.

중년이 되고 보니 부모 장례, 자녀 결혼식 같은 다소 품앗이성 일을 제외하고는 친구에게 선뜻 연락하지 못한다. 안 좋은 일은 부담 줄까 봐 못 하고, 축하받고 싶은 일이 생겨도 자극 줄까 봐 연락을 주저하게 된다.

입이 근질거려도 언젠가부터 사려 깊은 소심함이 생겨서 절제하는 것이다. 친구가 계속 삶이 안 풀리거나 요즘 어려운 일을 겪는 중일 수도 있고, 우울할 수도 있다. 친구의 약진이 어쩔 수 없이 나의 퇴보로 다가오기도 하는 게 못난 사람들만 느끼는 감정은 결코 아니리라.

해서 이래저래 추리고 나면 마음껏 자랑해도 되는 사람은 가족 외에 몇 명 남지 않는다. 물론 가족도 가족 나름이겠지만, 그래도 많은 경우 가족은 눈치 안 봐도 되는 존재들이다. 가족 간에는 강력한 연대감도 있지만 가족 구성원이 잘되는 것이 개개인에게도 결국 기쁜 일, 유익한 일이 되기 때문에 쉽게 말할 수 있는 반면, 사회 친구들은 그런 면에서 조금 애매하다.

사회정서적 선택이론이 작용하는 중년

어느 날 문득 생각해 보니 친구가 별로 없다. 예전에는 꽤 많았는데…. 그 많던 친구는 다 어디로 갔을까?

친구가 몇 명 없다는, 결코 달갑지 않은 사실을 인식한 직후 자문해 본다. 그렇다면 이제부터라도 소원해진 관계를 되살리기 위해 노력해야 하는가? 혹은 아예 새로운 친구를 만들기 위해 애써야 하는가? 그러다 이내 '아이고, 귀찮다. 그냥 이대로 살란다' 하고 만다.

나이가 드니 친구를 만들 열정이 없어지는 것이다. 친구를 만들기 위해 들여야 할 에너지를 생각만 해도 피곤해진다. 피곤함과 수고로움을 감내하면서까지 친구를 만드느니 때로 외롭고 도움이 필요해도 가족들이나 현재 있는 친구들과 함께 해결하고, 안 되는 것은 포기하고 감수하겠다는 생각이 든다. 몇 안 남은 친구들에게도 잘 못하고 사는데 '무슨 또 친구를?' 하며 마음을 후딱 접는다.

중년이 되면 실제로 많은 사람들이 나처럼 친구가 줄어

든다. 이것은 이론으로도 정립돼 있다. 나이가 들수록 편하고 좋은 사람들하고만 좁게 관계를 맺으려는 '사회정서적 선택이론'이 이미 몇십 년 전에 나왔을 정도로 중년, 노년에는 진짜 친구가 아닌 관계는 점점 단절된다. 중년 이후 인간관계는 현실적 필요에 의해 재구축되는 게 일반적이다.

에너지가 밖으로 향하는 청년 시절엔 어쩌다 알게 된 친구들과도 관계를 잘 유지하고 어울려 논다. 심지어 친구의 친구를 따라가서도 잘 논다. 청년기에는 그저 같이 놀아주면 그뿐인, 단순하고도 순수한 대인 관계가 형성되는데, 중년이 될수록 그런 순수성에 균열이 생긴다.

중년엔 인간관계의 가성비가 중요해진다. 신경 쓸 일은 많으나 에너지가 부족하다 보니 그 시간과 에너지, 돈을 들여 유지할 만한 사람인가 하는 이슈가 불거지기 마련이다. 그런 이해관계 아닌 이해관계에 충족되지 않는 사람과는 관계를 유지하기 힘들어지는 것이다.

"내 또래 남자들이 모임에 가고 사람을 사귀려는 이유는 단 하나, 자기 일과 사업에 도움이 될 것이란 기대뿐이야. 다른 건 없어."

언젠가 사업을 하는 남자 동창생이 한 말이다.

당시 결혼 전이었던 나는 한가하게도 "지역에서 편히 만날 친구가 별로 없어 외롭다"며 한탄하던 차였는데, 두 아이의 아버지인 그 친구는 중년 대인 관계의 본질을 그처럼 정의한다는 게 놀라웠다. 사업을 해서 더 그랬는지 모른다고 생각했으나, 이후 대학 동창 모임이나 취미 모임에서 만난 '중년 아버지'들을 봐도 상당수가 그 친구의 말처럼 비즈니스적으로 대인 관계를 맺는 듯했다.

중년에는 편한 이웃 같은 친구가 진짜 친구

외향적이던 나는 20대에는 친구가 수적으로 많은 편이었다. 중학교 친구, 고등학교 친구, 대학 친구에 사회 친구까지 더해 꽤 많은 친구가 있었고 대부분 여성이었다. 20대를 통과해 30대가 되면서 그 친구들은 내 인생에서 퇴장했다. 하나둘 결혼하면서 연락이 끊긴 것이다.

결혼하고 타 지역으로 이사 간 경우도 많았지만, 그렇지 않더라도 결혼 후 자연스레 멀어졌다. 그 시절 여성들은 결혼하면 대체로 출산하고 주부로 정착하는 수순을 밟았기에 처녀인 나와는 공유할 이야기가 거의 없었으리라. 어쨌거나 나는 웬만한 또래 모임에서 당시 '최후의 처녀'로 남게 되었고 이래저래 박탈감을 느끼지 않으려야 않을 수 없었다.

그 기간 동안 축의금으로 지불한 돈도 적지 않았고, 야외 촬영 들러리 서느라 뙤약볕에 따라다닌 친구가 몇 명이며, 신랑 신부 친구들만 따로 어울리던 결혼식 피로연(다소 짜증도 나고 기대도 한) 참석은 또 얼마나 많이 했던가. 그뿐인가. 결혼 후엔 집들이, 아기 백일잔치와 돌잔치 등 그 시절 친구라고 믿었던 이들을 많이도 챙겼으나 한 번도 돌려받지는 못했다.

그런 일련의 경험을 거치며 적어도 여성에게 친구는 별 의미가 없는 것 같다는 생각이 서서히 굳어졌다. 그러자 애써서 연락도 하지 않게 됐으며 관계라는 것에 다소 냉정해졌다.

지금 만나고 있는 친구들은 대부분 사회에서 알게 된 이들이다. 같은 지역의 귀한 인연들 몇 명 그리고 공부를 하며 알게 된, 비슷한 길을 걷는 친구 같은 동료들…. 고등학교나 대학 시절 친구는 몇 명 없고, 20대 사회생활을 하며 맺은 관계도 거의 10년간 유학 준비와 미국 생활을 거치며 소원해졌다.

사실 중년에도 친구는 소중하고 필요한 존재일 것이다. 단 친구가 되려면 일단 같은 지역에 거주해야 하고, 비슷한 관심사를 가지며, 큰 차이가 나지 않는 수준으로 살아야 하는 것 같다. 내가 그런 조건을 안 따져도 상대방이 나와 같은 마음이 아닐 수 있으므로, 서로 비슷하게 살고 있어야 어떤 말이든 편히 나누게 된다. 이야기가 잘 통하며 만나고 싶으면 언제든 용이하게 만날 수 있는, 이웃 같은 친구. 중년에는 그런 관계가 의미를 지닌다.

친구도 효용이 있어야 진짜 친구가 아닐까. 서로를 문득 문득 떠올리며 휴대폰 문자라도 보내고, 간만의 부탁에 최소한 들어주려는 반응을 해주며, 상대에게 좋은 일이 생겼을 때 진심으로 축하해 주는 친구. 이런 사이가 아니라면 엄밀히 말해 사회적 관계일 뿐, 진정한 친구라고는 할 수 없을 것이다.

더 나아가 노년이 되면 어떨까. 친구의 수는 중년 시절보다 더 줄어들 것이다. 그나마 남은 에너지도 없어지기 때문이다. 또 노년에는 신나서 누구를 만나러 나가는 일 자체가 점점 줄어든다. 그런 연유로 중년은 친구의 의미가 재편되는 기로에 서 있지 않나 싶다.

그래서 내가 내린 결론은 중년에는 친구가 중요하고도 그다지 중요하지 않은 존재라는 것이다!

오늘도 헤벌쭉 웃으면서 초등학교 친구 모임에 나가는 남편을 보니 부럽다. 남편은 60이란 나이에, 반백 년 알고 지낸 초년 시절 동네 친구들부터 전 직장 동료들까지 죄다 친구 삼아 잘 지내는, 신통방통한 능력의 소유자다. '사회정서적 선택이론'에서 다소 예외적인 케이스인데, 저런 품성을 돈으로 살 수만 있다면 사고 싶다.

그러나 나는 적어도 이 생에서는 남편처럼 지낼 수 없다는 현실을 받아들이며, 그냥 이대로 살려고 한다. 있는 친구들에게나 좀 더 잘해야겠다. 보고 싶다 친구야!

최선 아닌 차선이어도
괜찮은 내 중년

"여보, 내 인생은 늘 80프로 정도를 성취하며 살아온 인생
인 것 같아."

어느 날 남편과 지나온 삶에 대해 이야기 나누던 중 문
득 나온 말이다. 다른 사람이 보기엔 어떨지 몰라도 나 스
스로 생각하는 인생 성적표는 대략 무엇에서든지 80프로
정도를 달성하며 살아온 것 같다.

이 80프로 또는 80점이 단순히 종합 평가 점수를 의미하
지는 않는다. 늘 도전하고 소망해 오던 바를 번번이 성취하

지 못하고 그보다 다소 낮은 수준 혹은 차선인 것들, 그러나 결코 부족하지 않은 정도를 이루었다는 점에서 그렇게 표현한 것이다.

대학에 들어갈 때도 그랬고, 박사 진학 때도 내가 지원한 열 개 학교 중 순위를 매겨 3순위 정도였던 학교에 들어갔다. 직장도 당시 내 능력에 비해 일자리가 끊임없이 주어지긴 했으나 이러저러한 이유로 안착하지 못했고, 오랫동안 원하던 직장을 가지지 못하고 옮겨 다니느라 청춘이 고달팠다. 현재 몸담고 있는 직장도 부족한 나를 뽑아준 것은 너무 감사한 일이지만, 내심 임용되기 원했던 1순위 학교는 아니었다.

그리고 대미는 40대 끄트머리에 만난 남편과의 결혼 성적표인데, 남편 자체는 내게 100점에 가까울 만큼 좋은 동반자라고 생각한다. 그러나 나의 홀가분한 상황에 비해, 두 아이의 아버지이자 지금도 이래저래 부담이 큰 장손 외아들인 남편의 환경을 종합해 볼 때 결혼 역시 솔직히 80점 정도가 아닌가 싶다.

이것은 보기에 따라 좋지 않은 성적일 수도 있고 좋은 성적일 수도 있다. 내가 남편에게도 편히 말할 수 있는 이유는 이 수치가 결코 낮지 않다는 생각이 기저에 깔려 있기 때문이다. 실제로 상대평가 체계가 자리 잡은 대학에서도 학생들이 80점, 학점 B를 받기 위해서는 많이 노력해야 한다.

당시 남편은 나의 '80프로 성취론'에 대해 다음과 같은 논평으로 서늘한 통찰을 안겨주었다.

한마디로 "80프로의 성공을 디딤돌로 생각할 줄 알아야 한다"는 것이다. 그 성공 혹은 성취 덕분에 지금 이렇게 잘 살고 있는 게 아니냐며 감사하라는 메시지를 슬쩍 던진다. 또한 자신이 100이라 생각하면 100이고, 80이라 생각하면 80인 것이 아니겠냐면서 '일체유심조一切唯心造'의 교훈으로 나의 어리석음을 일깨운다. 순간 뭔가 번쩍하는 깨달음이 왔다.

우리 모두에게는 한때 갖고 싶었던 직업, 만나고 싶었던 조건의 사람, 바라는 자식상이 지금과는 사뭇 다른 형태로 존재했을 것이다. 되돌아보니 이 중요한 것들을 소망한 대로 이루지 못해 아쉽고 허무하기도 하다. 인생의 기로에서 때론 선택하고, 때론 선택으로 둔갑했으나 실은 환경에 떠

밀려 선택당한 사건들 속에서 최선의 길을 찾느라 노력하다 나이 든 것인데, 어찌 보면 욕심만큼 성취하지 못했다는 내 생각도 착각일지 모른다. 오히려 능력에 비해 더 많이 성취한 결과일 수도 있고, 무엇보다 누군가에게는 이 부족한 성취가 너무나 부러운 성취일 수 있으니 말이다.

가지 않은 길에 대한 아쉬움과 후회뿐만 아니라 이만큼 성취하고 편안히 나이 들어가고 있음에 감사하는 마음도 몇 배 많아진 중년을 맞은 것이니 이 또한 나쁘지 않다. 성취하지 못한 일에 대해 그다지 연연하지 않게 되어서 좋다는 생각도 든다. 80점이구나 하며 고개를 끄덕이지, 80점밖에 안 되나 싶어 부글부글 끓지는 않는다. 한마디로 나를 달달 볶지 않아도 되어서 좋은 게 나이가 준 선물인 듯하다.

얼마 전 몇몇 고등학교 친구들과 만나 20대로 돌아가고 싶은가에 대해 이야기를 나눈 적이 있다. 모두들 돌아가고 싶지 않다고 했다. 지금이 좋고 편하다고. 친구들도 몸이 여기저기 아프고 가정사가 욕심만큼 풀린 것은 아닌데, 그럼에도 현재의 나이가 주는 편안함을 팔팔한 청춘의 유혹과 바꾸고 싶지 않다는 데 의견이 일치한 것이다. 나도 물론 그렇다. 내 주위의 다른 또래들도 대부분 청춘으로 돌아가고 싶지는 않다고 말한다.

그 말이 의미하는 것은 무엇일까. 덜컹거리며 관통해 온 청춘의 시간들에 고개를 절레절레 젓게 되어서도 그렇지만, 무엇보다 나이가 주는 편안함과 성찰적 만족이 훨씬 낫기에 그런 게 아닐는지.

'그래, 남편의 말처럼 80프로 성공이 디딤돌이 되어준 덕분에 내가 이렇게 편안한 중년을 맞은 거야!'

이런 생각을 하다 보니 중년이 준 나이가 훈장처럼 느껴진다.

중년! 거울을 봐도 불만족스럽고, 갱년기다 오십견이다 해서 신체적으로는 좀 힘들지만, 그래도 정신적으로는 참 편안해서 좋다. 세상에 완벽한 상태, 완벽한 것은 없으니 이 또한 얼마나 감사한 일인가.

당신은 독신이
어울리는 사람인가요?

우리 대부분은 언젠가 혼자 살 공산이 크다. 여성의 경우 더욱 그렇다.

여성의 평균 수명이 남성보다 거의 6년이나 긴 현실에서 여성들은 홀로 남을 확률이 높을 수밖에 없다. 문제는 평생 그렇게 사느냐, 일정 시기만 그렇게 사느냐의 차이가 크다는 것이다. 그런 면에서 어쩌면 혼자도 살아보고 같이도 살아보는 편이 좋을지 모른다. 생은 너무 길고 한 가지 방식으로만 살기엔 지루하므로….

그러면 이런 의문이 남는다. 결혼하고 싶어도 못 한 사람은 어떡하나. 이렇게도 저렇게도 살아보고 싶지만 뜻대로 되지 않을 경우엔 어떡하냐고?

인생의 대부분을 애인도 없이 혼자 살다 50세에 결혼한 나는 그런 질문에 대한 해답을 실로 오랜 세월 찾아 헤맸다. 40대 중반이 지날 무렵부터는 평생 혼자 살 것이 거의 확실해 보였기 때문에 더욱 절실한 질문이었다.

사람마다 가치관이나 처한 환경이 다르기에 "이게 최선"이라고 단언할 수 없지만, 비교적 오랫동안 이 문제를 고민한 나로서는 흔히 아는 기본 생존 조건(일이 있어야 한다는 것과 살 집, 그리고 실손보험과 연금) 외에 두 가지를 강조하고 싶다. 하나는 사회적 관계를 열심히 개척하고 유지하며 살아야 한다는 것, 또 하나는 4차 산업혁명의 변화를 잘 따라가는 '과학기술 문명인'에서 이탈하지 않아야 한다는 것이다.

사회적 관계 잘 맺는 외향적인 사람이어야

먼저 사회적 관계를 맺고 유지하는 일에 열심이어야 한다고 말한 이유는 학술적 결과에 따른 것이다. 심리학에서도 그렇고 사회학, 자연과학에서도 모두 이 같은 사실이 입증됐다.

평생을 자유롭게 혼자 살아도 되는 사람은 다름 아닌 외향적인 사람이다. 중년이 되고 노년이 되어도 온통 에너지가 밖으로 뻗쳐 사람들과 부대끼는 게 좋은 사람은 혼자 사는 게 나을 수도 있다. 이들은 나이 들어서도 계속 사회적 관계를 열심히 맺기 때문에 딱히 배우자나 가족이 없어도 잘 살 수 있다고 본다.

배우자가 없다면 형제자매나 친구하고라도 같이 살거나, 혹은 아주 가깝게 살아야 한다. 특히 가까운 곳에 친밀한 형제자매가 사는 것은 매우 좋은 대안이다.

하버드대학교 연구 팀은 1930년대 말에 입학한 2학년생 268명의 삶을 무려 72년 동안 추적하면서 행복한 삶의 공식을 찾아냈는데, "행복하고 건강하게 나이 들어갈지를 결정짓는 것은 지적인 뛰어남이나 계급이 아니라 사회적 인간관계"라고 단언했다.[1] 행복의 조건으로 따뜻한 인간관계가 필수이며 그중에서도 가족, 특히 형제자매 간의 우애가 큰 영향력이 있음을 발견한 것이다.

이 연구 팀을 비롯하여 수많은 연구에서 노년기에 자매끼리 사이좋게 같이 살면 행복한 노후를 보낸다는 사실이 보고되었다. 하지만 남자 형제간에는 이렇게 밝혀진 증거가 특별히 없다. 나이 들어서 형제끼리 같이 사는 경우가 흔하지 않기 때문일 것으로 생각한다.

이처럼 같이 살 자매가 있으면 좋지만 멀리 떨어져 살거나 아예 없다면 정말 친한 이웃 친구가 필요하다. 친구가 많아도 이웃이 아니라면 별반 소용이 없다. 지근거리에 살아서 자주 만날 수 있는 '진짜 친구'가 얼마나 존재하느냐가 중요한 요인이다.

대부분 나이 들어가면서 사회적 관계가 재편되기 마련이다. 직장이나 결혼을 이유로 이주가 빈번한 현대 사회에서 관계는 계속 재편될 수밖에 없다. 이때 도시가 아닌 지방에 사는 경우 온라인 모임이나 사회적 관계를 맺을 수 있는 프로그램이 너무 제한적이어서 일만 하는 외톨이가 되기 쉽다. 그렇다면 "목마른 사람이 우물 판다"는 속담처럼 자신이 직접 그런 모임을 만들고 엮어나가는 수고라도 해야 외롭지 않을 텐데, 그게 웬만큼 외향적인 사람이 아니고서는 쉽지 않다.

인간은 혼자서 외롭게 살 수 없는 종種이란 사실은 이미 진화론이나 뇌과학 등 여러 자연과학적 연구를 통해 검증됐다. 사람이 모여서 함께 살아야 생존할 수 있다는 것은 진리다.

따라서 너무 내향적이거나 개인주의적이어서, 관계의 피곤함을 감내하며 타인들과 어울리는 일이 힘든 사람이라면 솔직히 결혼 외에는 뾰족한 대안이 없어 보인다. 내향적인 사람에겐 배우자 한 명과 맞춰 사는 게 여러 타인들과 적당히 맞춰 지내는 것보다 쉬울 테니까 말이다.

혼자 살려면 과학기술 문명인으로 살아야

독신으로 잘 살기 위해서는 나이가 들어도 4차 산업혁명의 변화에 적응하는 과학기술 문명인에서 이탈하지 않아야 한다. 인공지능, 로봇으로 대표되는 과학기술의 변화 속도가 너무 빠르다.

지금의 중년이 노년이 됐을 땐 집집마다 자식보다 나은

로봇이 한 대씩 있을지 모른다. 영화 〈아이, 로봇〉을 보면 그런 미래 풍경이 나오는데 나는 머지않아 그것이 곧 현실이 되리라 생각한다. 이미 아마존, 구글의 모회사 알파벳, 그리고 테슬라 등 빅테크 기업들이 매우 우수한 인공지능 로봇을 만들었고 상용화를 준비 중이다. 이제 사람보다 훨씬 똑똑하고 같이 지내기 좋은 로봇이 출시되는 것은 시간문제일 뿐이다.

따라서 노년기에 돌봐줄 사람이 필요하다는 차원에서 자식이 필요한 시대는 지났다고 본다. 자식이라 해도 지금 세대는 한두 명밖에 낳지 않으므로 지근거리에 살지 않는 한 그런 돌봄을 기대할 수도 없으니, 돌봄 문제는 공통의 이슈이지 독신만의 문제는 아닐 것이다. 현재도 심부름 앱이 많이 나와서, 병원에 동행해 줄 '일시적 자식'은 돈으로 얼마든지 살 수 있다.

미래에는 성능 좋은 로봇만 집에 갖고 있으면 남의 효자 부럽지 않을 것이다. 물론 새벽에 응급 상황이 발생하는 등 복잡한 경우에도 이런 서비스를 이용할 수 있을지는 미지수다. 그리고 무엇보다 아플 때 도움을 청할 사람이 없으면

심리적 서러움이 동반되겠지만, 그런 일상생활을 위한 가족의 필요성은 더 감소될 듯하다.

외로움을 완화해 줄 과학 기기나 프로그램이 무수히 등장하고 있는 이때 필요한 것은 세상의 변화에 따라가려는 마인드와 습득 능력, 그리고 그것을 살 수 있는 경제력이다.

그런 변화를 부지런히 쫓아가지 못하면 온통 첨단 무인 기술로 대체될 미래 사회에서 혼자 살기 어려울 것으로 예측된다. 스티브 잡스가 청바지 주머니에서 아이폰을 꺼내 세상에 소개한 지 15년도 채 되지 않았다. 2009년 아이폰이 국내에 상륙했을 때만 해도 이렇게 손안의 컴퓨터에 의해 모든 게 컨트롤되는 세상이 올지 어찌 상상이나 했겠는가.

이러한 과학 문명의 급속한 변동은 특히 혼자 사는 노인들에게 불리하다. 정보 접근 면에서도 그렇고, 기기 활용 방법을 습득하려면 필연적으로 누군가의 도움이 필요하기 때문이다. 혼자 사는 사람은 더욱더 세상의 변화에 민감하게 따라가고자 노력해야 하는데 그게 나이 들수록, 그리고 은퇴하고 나면 쉽지 않다. 지금도 노인복지관의 주된 교육 중 하나가 키오스크 사용법 교육인데, 혼자 사는 노인들이 유독 배움에 어려움을 겪고 있다고 한다. 해서 나는 세상의 변화를 쫓아가기 위한 방법의 하나로 자산 시장에 관심을 가질 것을 조심스레 추천한다.

일단 소액이라도 자산 시장에 발을 들여놓으면 경제의 흐름, 세계정세와 과학 문명의 변화에 대해 공부를 하게 된다. 피 같은 내 돈이 들어가 있으므로…. 물론 직업이 기술과 관련됐거나 배움에 관심이 많아 잘 따라갈 사람은 상관없지만, 대체로 나이 들어 새로운 것을 배운다는 건 어떤 큰 동기가 없는 한 쉽지 않다. 그러니 내 돈을 투자해야 억지로라도 배우게 되지 않겠는가. 감당할 수 있는 소액만 투자해야 함은 물론이다. 그렇게 세상의 변화에 적응하며 나이 들어가야 혼자서도 불편 없이 잘 살 수 있으리라 생각한다.

결혼의 조건은 이 모든 '독신의 조건'에 대한 성찰을 통해 유추할 수 있다. 이와 더불어 완벽히 만족스러운 것은 세상에 없다는 사실을 깊이 인정해야 한다는 것, 그리고 누군가와 같이 사는 일이 정확한 이해타산으로 설명되지 않는 본질적인 효용이 있음을 수용하는 태도도 필요할 듯하다.

결혼은 어쨌건 오늘날에도, 미래에도 용이한 수단으로 작동할 가능성이 높은 사회 제도다.

혼동하지 말자. 결혼의 이유가 변한 것일 뿐 결혼의 필요성이 없어진 게 아니다. 결혼은 언제나 이유 있는 삶의 수단이었고 지금도 유효하다.

우린 어떻게
행복론자가 되었나

같이 사는 부부가 추구하는 삶의 지향이나 가치가 일치한다는 것은 매우 중요하다. 특히 중년엔 더욱 그렇다. 중년 부부들 가운데 단지 아이들의 아빠, 엄마로서만 공존하는 경우가 너무 많은데, 여기에는 여러 가지 이유가 있겠지만 삶의 지향이 다른 것도 그중 하나가 아닐까 생각해 본다.

우리의 연애 시절로 거슬러 올라가 보면, 남편과 내가 삶의 지향을 빨리 공유하고 동의한 것이 불필요한 소모를 최소화하고 결혼에 대한 확신을 앞당기는 데 주효했다고 생각한다. 삶의 지향을 공유했다는 것은 행복하게 사는 길에 대한 의미와 방식에 동의하고 같이 실천하기로 했음을 뜻한다.

나는 국내외를 오가며 오랜 독신 생활을 하는 동안 전혀 행복하지 않은 현실에 대한 타개책으로 행복학, 긍정심리학을 탐독했다. 그러나 그렇게 열심히 찾았던 행복의 진실이 다름 아닌, (꼭 결혼의 형태는 아니더라도) 둘이어야 행복해진다는 것을 알고 난 후 책 읽은 것 자체를 후회할 지경이었다. 하지만 그때 알게 된 행복 지식은 남편을 만나면서 전혀 다른 국면을 맞이했는데, 행복학의 실전 응용 편 형태로 적용되었던 것이다.

당시 내가 읽었던 수십 권의 행복학 서적 중에 지금까지 인상 깊게 남아 있는 책은 버트런드 러셀의 《행복의 정복》과 진화심리학자인 서은국 교수의 《행복의 기원》이다.

노벨문학상을 받은 위대한 문필가 버트런드 러셀은 무려 1930년에 펴낸 《행복의 정복》에서 지금 상황에도 딱 맞는 '행복으로 가는 길'을 제시해 준다. 그는 현대인이 행복하지 않은 이유를 심리학 및 사회학적으로 분석하면서 행복에 이르는 길을 개인의 내적·인간관계적 차원에서 제시했는데, 당시 읽으면서 뭔가 삶의 방향이 정리되는 느낌을 받았다.

《행복의 정복》이 사유하며 행복을 얻는 데 도움이 된다면, 서은국 교수의 《행복의 기원》은 행복을 실천하는 데 명쾌한 도움을 주는 책이다. 서은국 교수는 진화심리학적 입장에서 다양한 행복 실험의 결과를 제시하며 '오컴의 날'로 베듯 행복을 단순명료하게 정의한다. 한마디로 행복은 거창한 관념이 아니고 구체적인 경험, 즉 "사랑하는 사람과 함께 음식을 먹는 것"이라고 말한다.

그러면서 행복의 실체라며, 본문 마지막에 사랑하는 남녀가 맛있는 음식과 와인 한 잔을 나누며 활짝 웃고 있는 사진을 보여준다. 이 책은 내 머릿속에 뭔가 묵직하게 쿵 하는 울림을 주었다. 당시 나는 혼자서도 지식을 쌓고 성찰하면 행복해질 수 있지 않을까 기대했는데, 그 기대가 무참히 무너진 대신 행복에 이르는 선명한 길을 발견한 것 같았다.

나는 남편과 사귄 지 얼마 안 됐을 무렵 《행복의 기원》을 선물하면서 꼭 정독 후에 이야기를 나누자고 정중히 요청했다. 남편이 이 책에서 말하는 행복에 동의하는지, 그 사유 능력과 가치관을 확인하고 싶었다.

남편은 사업하는 사람이라 늘 사람을 만나 협상하고 조율하는 게 주요 업무인데, 그 피로감을 사우나와 〈걸어서 세계 속으로〉 같은 유의 여행 다큐멘터리 시청으로 푸는 타입이다. 그래서 막 사귀게 된 연인의 독후감 요청이 처음엔 당황스러웠다고 한다. 하지만 2주 정도 지났을 무렵 남편은 이 책의 행복에 전적으로 동의하며, 그렇게 소소한 행복을 찾으며 살고 싶다고 응답했다.

그 후 우리는 삶 속에서 행복을 실천해 나갔다. 실천은 별것이 아니라 틈나는 대로 함께 맛집을 찾아 맛난 음식을 즐기고, 자주 여행을 다니며, 언니네 또는 친구 부부와 함께 만나서 좋은 시간을 갖는 것이다. 아이스크림처럼 빨리 녹는 행복의 정체를 알았기에 자주 그리고 열심히 행복할 일을 만들고 있다. 그렇게 5년 동안 녹을 만하면 다시 행복을 채워가며 살아왔다.

행복한 삶, 그것은 알고 보니 '참 쉬운' 것이었다.

비혼 시대, 중년 결혼 예찬론자의
이유 있는 항변

얼마 전 비혼 예찬 성격의 책을 펴낸 여성 작가가 언론과 인터뷰한 기사를 읽은 적이 있다. 그 작가는 스스로를 '자발적 비혼자'라고 강조하며 우리나라에서 여성이 결혼한다는 건 가진 것마저 탈탈 털리는 짓이라고 말했다. 이 기사의 댓글란은 남성으로 보이는 네티즌들의 비난성 댓글로 도배됐음은 물론이다. 여성인 나 역시 작가의 의견에 동의하기 어렵다. 특히 중년의 결혼이란 관점에서 더욱!

누구나 알다시피 지금은 결혼을 기피하는 시대다. 결혼

기피 현상은 꽤 오래된 것으로, 많은 학자들이 그 원인을 진단한 바 있다. 그중 일부를 소개해 본다.

경제학자 게리 베커에 의하면, 결혼은 "개인들의 합리적 선택의 결과"다.[2] 즉, 결혼을 함으로써 얻는 이익이 미혼으로 남을 때보다 커야 결혼을 하게 된다는 것이다. 기존에는 남자는 밖에서 일해 돈을 벌어오고 여자는 집에서 집안일과 아이 기르는 일을 담당하는 식으로 성별 분업과 특화를 통해 이익이 생겨났기에, 남녀 모두에게 결혼이 합리적 선택이었다.

그러나 현대로 올수록 여성의 교육 수준이 상승하고 경제활동참가율이 높아지면서 기존의 성별 분업으로 인한 이익 가능성이 감소하여 결과적으로 결혼을 선택하지 않을 확률도 높아졌다. 지금처럼 남녀 모두 일하는 시대에는 성별 분업 자체가 이루어지기 어렵고, 특히 여성은 결혼 후 육아 및 가사에 대한 부담으로 일을 포기할 가능성이 높기 때문에 결혼에 대한 효용이 더 낮아져 결혼을 기피한다는 것이다.

한편 경제학자 데이비드 램은 게리 베커와 다른 측면에서 비혼 현상을 설명했는데,[3] 요지는 이렇다. 요즘은 청소기, 세탁기 등 편리한 내구재가 보급되고 육아 시설 등 공공재가 출현해 기존의 주부 역할이 줄어들었을 뿐만 아니라 여성의 사회 활동 욕구는 증가했다. 그렇기 때문에 과거처럼 특화와 분업을 통한 이득이 아닌, 선호와 자원이 비슷한 남녀가 만나 '공동 소비'로 얻는 이익이 더 클 때 결혼을 선택한다는 것이다. 이 경우 비슷한 사람끼리 만나야 이익이 커지는데, 갈수록 여성들의 교육 수준은 높아지는 데 비해 그에 맞는 남성들을 만나기 힘들어지다 보니 결혼 자체가 어렵다는 얘기다.

현대 사회에서는 남성과 여성의 욕구도, 성격도 같아졌다. 남성은 기존의 여성적 특징을 더 많이 갖게 되고 여성 역시 남성이 원하는 일을 똑같이 원하는, 젠더 수렴 현상이 생겼다. 이제 남성도 요리를 잘하고 집안을 잘 꾸미는 인류가 됐으며, 여성들은 사회에서의 성취에 더 의미를 두면서 혼자 씩씩하게 해외여행을 즐기고 자아실현에 집중하는 시대가 되었다.

때때로 느끼는 외로움은 반려동물을 통해 해결하면서 상대적으로 위험성이 커 보이는 결혼을 그다지 선호하지 않게 된 것이다. 특히 우리나라의 경우 과열된 교육열과 폭등하는 집값, 육아에 대한 사회적 대책 부족으로 인해 선진국들에 비해 더 많은 비혼과 저출산 현상이 나타나고 있다.

이쯤 되면 결혼하려는 청춘들이 오히려 이상하게 비칠지도 모른다. 그런데 이게 과연 결혼에 대한 총체적 진실일까?

"왜 결혼을 해야 하는가?"

지금의 현실은 결혼의 의미를 되묻고 있는 듯하다. 이젠 변화된 현대인의 욕구에 맞는 대답을 사회가 내려줘야 할 때다.

버트런드 러셀은 거의 100년 전인 1929년 펴낸《결혼과 도덕에 관한 10가지 철학적 성찰》에서 이미 여성이 자신이나 자녀를 먹여 살려줄 남성을 찾아 결혼하는 시대는 머잖아 막을 내릴 것이기 때문에, 문명화된 사회에서는 부부 쌍방이 완벽히 서로 평등감과 자유를 느껴야 결혼이 유지될 수 있다고 예언했다.

최근 미국에서는 결혼이 양극화되면서, 더 악화되는 결혼과 이상적인 결혼이 동시에 목격되고 있다고 한다. 평균적인 결혼 생활은 점점 악화되는 반면, 배우자를 통해 자아 발견과 자아의 표현을 실현하는 이상적 결혼은 오히려 증가했다는 것이다. 또한 우리나라만큼은 아니지만 만혼 현상도 나타나고 있다고 한다. 이와 동시에 상승하던 이혼율이 점차 안정되고 심지어 다소 낮아지는 추세인데, 그 이유를 만혼 현상에서 찾는 학자들이 늘고 있다. 이것은 무엇을 함축하는 걸까.

서로의 자아 발견과 자아 표현을 도우면서 완벽한 평등감과 자유를 느끼는 결혼 생활이 가능하려면 어느 정도의 연륜이 필요하다고 생각한다. 따라서 나이 든 남녀의 결혼이 이상적 결혼이 될 가능성이 높다는 사실을 추측할 수 있다. 나의 중년 결혼 예찬론이 설득력을 얻는 대목이다. 성숙한 나이에 하는 결혼, 그것은 어찌 보면 가장 영리하고 지혜로운 선택일 수 있다.

가지 않은 길,
결혼과 비혼 사이에서

시를 잘 모르는 사람이라 해도 "노란 숲속에 두 갈래 길이 있었습니다"로 시작하는, 로버트 프로스트의 〈가지 않은 길〉은 한 번쯤 들어본 제목일 것이다. 특히 인생의 중간 지점에 다다른 중년 세대라면 그 시를 뭉클하게 떠올려봤음직하다.

중년은 살아온 청춘의 삶과, 살아갈 노년의 삶 가운데 위치한다는 사실 외에도 실로 많은 의미를 내포한다. 정신분석학의 대가 칼 융은 중년기엔 외부로 향했던 정신 에너지가 내부로 향하고 자신의 내면세계에 대한 탐색이 강화되면서, 인생 전반기에 분리됐던 자아가 통합되는 가장 중요한 시기라고 말했다.

그래서인지 중년이 되면 모두 철학자가 된다고 해도 과언이 아니다. 살아온 시간을 반추하며 생의 무거움 앞에 겸손해진다. 이미 여성의 평균 수명이 거의 87세가 된 시점에서 칼 융의 이론은 더 의미심장하다. 중년 이후의 삶이 매우 길어졌기 때문이다.

우리는 중년에 한 가지 중요한 질문과 맞닥뜨린다.

"어떻게 살 것인가?"

나는 이 질문을 "어떻게 살고 싶은가?"로 수정해야 한다고 생각한다. 어떻게 살고 싶냐는 질문은 곧 '어떻게', '누구와' 살고 싶은지 구체화되어야 한다.

나는 이에 대한 답으로 '사람'의 중요성을 말하고 싶다. 아울러 지속 가능성이 높은 가장 친밀한 공동체로서의 결혼을 말하고자 한다. 이는 직접적·간접적 경험의 산물 때문인데, 가장 큰 이유는 일단 혼자 사는 삶을 추천할 만한 이렇다 할 증거가 부족하다는 것이다.

결혼에 대한 울분 섞인 비판적 견해만 난무할 뿐 결혼이 해롭다는 과학적이고 신뢰할 만한 증거는 찾기 어렵다. 물론 오랜 세월 인류가 결혼을 당연한 삶의 방식으로 고려한 탓에 독신으로 늙어간 사람의 사례가 충분치 않은 것도 사실이어서, 증거 부족을 이유로 단언할 수는 없다.

사회학자 노명우 교수는 《혼자 산다는 것에 대하여》를 통해 독신을 예찬하면서, 혼자 사는 삶에 대해 부정적인 논조가 가득한 것은 독신들에 대한 '일반화된 타자의 부재 때문'이라고 설명한다.[4] 즉, 독신의 삶이 실제로 불완전하거나 문제가 있는 게 아니라 단지 우리 사회가 독신에 대한 이해가 부족하다는 얘기다. 일리 있는 해석이다. 그러나 실증적 관점에서 이러한 주장에 전적으로 동의하기는 어렵다.

최근 들어서도 실증적 연구들은 독신으로 살아온 사람에 비해 배우자가 있는 사람이 더 건강하고 오래 살며, 행복감을 많이 느낀다는 사실을 일관되게 입증하고 있다.

얼마 전 기사화된 영국의 패널조사 결과가 그 한 예인데, 영국 통계청이 2010년부터 2019년 사이 잉글랜드와 웨일스 지역의 20세 이상 성인 사망자 무려 500만 명을 조사해

혼인 여부에 따른 사망률 추세를 분석했다. 그 결과 남성은 이혼한 사람의 사망률이 가장 높은 반면 여성은 미혼인 경우가 사망률이 가장 높았다.[5] 연구에서는 배우자가 있는 사람은 위험 행동을 적게 하고, 생활 방식이 비교적 건강하며, 도움이 필요할 때 의료 서비스에 신속히 대처할 수 있어 사망률이 낮다는 전문가의 해석도 덧붙였다.

한마디로 배우자가 있는 사람은 혼자 사는 사람에 비해 비교적 안전한 삶을 살기 때문에 더 오래 산다는 얘기다. 이것은 많은 사람들이 대충 알 만한 내용이라서 별 감흥이 없을 수도 있다. 독신으로 사는 사람은 장수에 대한 욕망이 크지 않아 기혼자보다 빨리 죽는다는 식의 기사는 이제 그다지 위협이 되지도, 공감이 가지도 않는다. 사실 기혼자인 나도 박명薄命만큼이나 두려운 것이 장수다.

중요한 것은 죽는 문제뿐만 아니라 사는 동안에도 혼자 살기를 권장할 만한 증거가 별로 없다는 점이다. 2008년부터 2016년까지의 '지역사회건강조사' 자료를 분석한 결과, 중년 1인 가구의 특성이 노년 1인 가구와 유사하게 나타났다. 중년 1인 가구의 신체적·정신적 건강 상태는 중년 다인

가구에 비해 좋지 않았다.[6]

중년 여성 가구만을 대상으로 한 서울시여성가족재단의 조사에서도 유사한 결과가 나타났다. 2016년 서울 거주 4050 여성 1인 가구를 분석한 결과 중년 여성 1인 가구는 빈곤 계층 비중이 높고, 근로 능력이 있는 비취업자 비중도 높았다. 특히 독신 생활이 고착화될 가능성이 높은 50대와 사별 집단의 경우 청년 1인 가구에 비해 부모 형제와의 교류도 적고, 이성 파트너가 없는 비율이 현저히 증가하는 등 사적 네트워크가 축소된 것으로 나타나 더욱 충격을 주었다.[7] 그 많아 보이던 '화려한 싱글'은 주로 젊은 층에 국한된 이야기인 듯싶은 대목이다.

이렇게 실증 데이터들은 비혼이 하나의 중요 현상이 된 지금도 싱글 중년 여성의 현주소가 암울하다고 경고한다. '나 혼자 산다'가 TV에 비치는 것처럼 풍요롭고 활력 넘치는 일이 아닌 것이다.

나는 이런 계량적 조사 수치보다도 '행복 추구' 관점에서 중년 결혼을 예찬한다. 때론 지루하고 고독하며 팍팍하기도 한, 짧지 않은 인생살이. 사는 동안 좀 행복해야 견딜 만하지 않을까? 안 그래도 생물학적으로 우울해지는 중년, 그리고 더 우울해지는 노년에는 행복을 위한 노력이 필수에 가깝다. 우리는 더욱 건강하게 생존하고자 행복해야 하고, 행복해지기 위해서 '사람'이 필요한 것이다.

앞서 강조했다시피 배우자, 연인이 있는 사람이 그렇지 않은 경우보다 행복지수가 더 높다. 이처럼 지속 가능한 삶을 위해 행복이 필수라는 차원에서도 결혼은 장려되어 마땅하다.

그리고 하나 더. 흔히들 성공적인 부부 관계의 열쇠는 천생연분을 만나는지 여부라고 생각한다. 하지만 실제 행복한 관계를 위해 가장 중요한 요인은 운명적 만남 자체보다 '우리가 선택한 관계를 잘 보살피는 것'임을 기억해야 한다.

이혼 판타지에 열광하는 시대,
그럼에도 결혼!

언젠가부터 유명 온라인 출판 플랫폼 앱을 켜면 첫 화면이 온통 젊은 여성들의 이혼기로 도배돼 있다시피 하다. 이 같은 현상은 그리 특별한 일이 아닐지 모른다. 높은 이혼율, 그리고 만혼과 비혼 현상도 새삼스럽지 않은 시대가 된 지 꽤 오래다.

이렇듯 비혼, 이혼이 대세인 시대에 '50에 처음 결혼'한 이야기를 쓴다는 것은 어쩌면 시대착오적인 무모한 짓으로 보일 수도 있다.

결혼 자체가 꺼려지는 시대를 넘어 결혼하고 나서도 유지하기 어려운 증거가 넘쳐나는 시대에 굳이 결혼, 더욱이 중년 결혼 예찬성 글이라니. 이 책이 독자들에게 어떤 의미로 다가갈지 자못 걱정되면서도 민망함을 무릅쓰고 내 중년의 결혼 이야기를 꺼낸 이유는 같이 생각해 보고자 하는 바가 있어서였다.

그것은 바로 중년의 행복한 삶! 그리고 그 행복한 삶을 위해 결혼은 여전히 괜찮은 선택이라는 사실에 대해서다.

인류사적으로 볼 때 결혼은 오랜 세월 동안 생존을 위한 수단으로서 거의 절대적이었다. 그런 실용의 시대를 거쳐 풍요로운 자본의 시대로 넘어오면서 그 자리를 사랑이라는 낭만이 차지했고, 그 전통은 지금까지 이어져 오고 있다. 그런데 열정적 사랑의 결과인 결혼은 최근 당위성 면에서 여기저기 균열이 생기고 있다. 이제 섹슈얼한 사랑 그 이상의 무엇이 현대인들의 결혼 생활에 필요하다는 것이다.

그런 측면에서 사회심리학자 엘리 핀켈의 진단[8]은 놀라운 혜안을 보여준다. 오늘날 결혼이 기피되고 이혼이 많아진 원인은 결혼에 너무 많은 기대와 책임이 쌓였기 때문으로, 그 긴장과 역할 부담 속에서 결혼이 무너지고 있다는 얘기다.

다시 말해 배우자에게 점점 더 많은 역할, 즉 속내를 털어놓을 수 있는 친구인 동시에 황홀한 섹스가 가능하며 자신의 자아 성장을 돕는 조력자가 되어주길 기대한다. 한마디로 오늘날 모든 것을 배우자를 통해 해결하기 원하는 시대가 되어 결혼이 너무 무거워졌고, 그 결과 결혼이 기피되고 중단된다는 것이다.

얼마나 설득력 있는 진단인가! 그런데 여기서 또 포착할 수 있는 중요한 사실은 역설적으로 결혼이 얼마나 '대단한 것'이 되었는가 하는 점이다. 이제 누군가는 이전 시대엔 기대할 수 없던 자아 성장과 자아의 표현까지 추구하는 결혼 생활을 누리고 있다.

우리보다 앞서 전통적으로 개념화된 결혼을 불신했던 미국에서는 이처럼 '대단한 결혼'은 늘었고 보통의 결혼은 상황이 더 악화되었다고 한다. 젠더의 동질화, 개인주의화가 이루어진 이 시대에 서로의 성장을 도울 수 있는 영혼의 동반자 관계를 추구하는 결혼상이 출현했다는 점에서 주목할 만하다. 이런 결혼이라면 그 누구도 마다할 이유가 없는, 인생 최고의 성취라고 할 만하지 않은가.

이렇게 이상적 결혼, 영혼의 동반자를 얻는 결혼은 어떤 조건에서 성취될 수 있을까? 행운처럼 그런 사람이 다가오지도 않을 뿐더러 나 역시 그런 성숙한 동반자로서 준비가 안 되었을 수도 있다. 미성숙한 둘이 만나 시행착오를 견디며 성숙해 갈 수도 있겠지만, 그것은 필연적으로 너무 많은 스트레스를 요하며 중간에 난파되기 쉽다.

따라서 이상적 결혼을 위해서는 어느 정도 지적 성숙과 삶의 내공이 필요하다. 인간관계는 자로 재듯 유불리가 딱 떨어질 수도 없거니와, 서로 필요를 알아차려 돕고 존재의 고마움을 행복으로 여길 줄 아는 마음가짐을 가지려면 웬만큼 내공이 쌓여야 한다는 말이다.

그런 차원에서 볼 때 일이나 관계 면에서 많은 경험을 쌓으며 달려온 중년 시기에 하는 결혼은 이상적 결혼이 될 가능성이 높다고 생각한다. 더욱이 중년이 되면 생물학적으로 남성성과 여성성이 서로 수렴해 남녀 모두 양성성이 나타나기도 하니 이상적 결혼에 성큼 더 다가갈 수 있지 않겠는가.

이 책에서 나는 울퉁불퉁했던 청춘을 관통해 오면서 낮은 자존감으로 인해 진정 조우하지 못했던 자아를, 결혼 후 남편과의 조화롭고 신뢰하는 관계 속에서 찾고 스스로 평화로워졌음을 고백했다. 감사하게도 늦게 한 내 결혼이 엘리 핀켈의 주장처럼 오늘날 결혼에 대해 높아진 기대에 부응하기에, 내가 이렇게 행복한 것이었다.

비단 이게 나만의 얘기일까? 중년이 되면 거의 대부분의 사람들이 성찰적이 되고 통찰력이 깊어진다. 그동안의 경험은 그냥 흩어져 없어지는 게 아니라 곳간의 식량처럼 차곡차곡 쌓인다. 그래서 청춘 시절에 비해 성숙해지고 자아 표현적인 삶을 살고 있거나, 또는 그렇게 될 만반의 준비를 갖춘다.

사회학자 케네디와 러글스의 2014년 연구[9]는 이런 나의 주장을 뒷받침해 준다. 실제로 2000년대 들어 미국의 이혼율이 안정되면서 다소 감소세로 돌아섰는데, 그 주된 이유가 너무 이른 나이에 결혼하지 않게 된 데 있다는 것이다.

결혼, 그것도 중년의 결혼! 이는 이상적 결혼을 가능케

할 것이라고 감히 말하고 싶다. 어느 정도 내공이 쌓인 성숙한 사람이라면 40에도, 50에도 또 60, 70에도 결혼은 괜찮은 선택이다. 행복한 삶을 꿈꾸며 열심히 살아온 사람이라면 결혼은 인생 후반기에 마땅히 고려해야 할 사항이라고 단언한다.

결혼, 그 이유가 바뀌었을 뿐 결혼의 효용이 없어진 것은 아니다. 오늘날 결혼은 오히려 더 대단한 것이 되었다.

1 조지 베일런트, 《행복의 조건》, 이덕남 옮김(프런티어, 2010) 참고.

2 Gary S. Becker, "A theory of marriage: Part I", *Journal of Political Economy* 81 (July–August 1973), pp. 813~846.

3 David Lam, "Marriage markets and assortative mating with household public goods: Theoretical results and empirical implications", *Journal of Human Resources* (Autumn 1988), pp. 462~487.

4 노명우, 《혼자 산다는 것에 대하여》(사월의책, 2013) 참고.

5 정희은, 〈기혼, 미혼, 돌싱 중 가장 오래 사는 쪽은?〉, 《코메디닷컴》(2022. 2. 10) 참고.

6 이하나·조영태, 〈중년 1인 가구와 다인 가구의 건강행태 및 질병 이환 비교〉, 《보건사회연구》 39권 3호(2019), pp. 380~407.

7 박건·김연재, 《서울 1인 가구 여성의 삶 연구: 4050 생활실태 및 정책지원방안》(서울시여성가족재단, 2016) 참고.

8 엘리 J. 핀켈, 《괜찮은 결혼》, 허청아·정삼기 옮김(지식여행, 2019) 참고.

9 S. Kennedy & S. Ruggles, "Breaking up is hard to count: The rise of divorce in the United States, 1980–2010", *Demography* 51, 2 (2014), pp. 587~598.

참고자료

노명우, 《혼자 산다는 것에 대하여》(사월의책, 2013).
박건·김연재, 《서울 1인 가구 여성의 삶 연구: 4050 생활실태 및 정책지원방안》
　　(서울시여성가족재단, 2016).
버트런드 러셀, 《결혼과 도덕에 관한 10가지 철학적 성찰》, 김영철 옮김(자작나무,
　　1997).
버트런드 러셀, 《행복의 정복》, 이순희 옮김(사회평론, 2005).
서은국, 《행복의 기원》(21세기북스, 2014).
엘리 J. 핀켈, 《괜찮은 결혼》, 허청아·정삼기 옮김(지식여행, 2019).
이하나·조영태, 〈중년 1인 가구와 다인 가구의 건강행태 및 질병 이환 비교〉, 《보건
　　사회연구》 39권 3호(2019).
조지 베일런트, 《행복의 조건》, 이덕남 옮김(프런티어, 2010).
크리스토퍼 해밀턴, 《중년의 철학》, 신예경 옮김(알키, 2012).
탈 벤 샤하르, 《해피어-하버드대 행복학 강의》, 노혜숙 옮김(위즈덤하우스, 2007).

Becker, Gary S., "A theory of marriage: Part I", *Journal of Political Economy*
　　81 (July-August 1973).
Kennedy, S. & Ruggles, S., "Breaking up is hard to count: The rise of
　　divorce in the United　States, 1980-2010", *Demography* 51, 2 (2014).
Lam, David, "Marriage markets and assortative mating with household
　　public goods: Theoretical results and empirical implications", *Journal*
　　of Human Resources (Autumn 1988).

KOSIS 국가통계포털, https://kosis.kr/index/index.do

01 손바닥만한 희망이라도(인물검색에 안 나오는 카페아저씨의 산문)

박승준 지음 | 14,000원

때로는 진지하고 때로는 유쾌하게, 베이비붐 세대의 인생 사용설명서.

세종도서 문학나눔 선정도서.

02 몽글이(어른아이를 위한 카툰 에세이)

안명규, 은한 지음 | 13,000원

웃음과 눈물이 공존하는 추모집. '살아남는 것'의 아름다움을 전한다.

우수출판콘텐츠 선정작.

03 바람개비 정원(재미동포 화가 한순정 그림 에세이)

한순정 글·그림 | 17,000원

가족과 예술을 사랑한 82세 화가의 인생 전시회. 유화, 판화, 종이엮기,

종이접기에 깃들인 열정과 꿈.

04 신발을 벗고 들어오세요(미얀마 여행 에세이)

박원진 글·사진 | 14,800원

낯선 여행지에서 만난 따뜻한 위로가 담긴 편지글과 예술 사진.

여행 가고 싶을 때 읽으면 좋은 책.

05 땜장이 의사의 국경 없는 도전(소록도에서 팔레스타인까지)

김용민 지음 | 15,000원

의대 교수직을 내려놓고 국경없는의사회 활동가로 변신한 의사 에세이.

국립중앙도서관 사서추천도서.

06 전진상에는 유쾌한 언니들이 산다(시흥동 전진상 의원·복지관 45년의 기록)

김지연 지음 | 20,000원

묵묵히 이웃사랑을 실천해 온 전진상 공동체.

평균 나이 71세 유쾌한 언니들의 치열한 인생 이야기.

07 밤 비행이 좋아(승무원 출신 경험 컬렉터의 여행 이야기)

원희래 지음 | 16,000원

경험 컬렉터가 들려주는 승무원 생활, 그리고 비행과 여행.
방구석 여행자를 위한 여행 종합선물세트!

08 남편이 해주는 밥이 제일 맛있다

박승준 지음 | 14,000원

설거지로 주방에 입문한 은퇴자들에게 칼질할 용기를 주는 책!
우수출판콘텐츠 선정작.

09 책방면(위로와 공감의 책방, 잘 익은 언어들 이야기)

이지선 지음 | 15,000원

끝까지 살아남고 싶은 어느 책방지기의 유쾌발랄 고군분투기!
출판콘텐츠 창작지원사업 선정작.

10 오빠가 죽었다

무라이 리코 지음 | 이지수 옮김 | 14,500원

미워했던 오빠의 고독한 죽음! 화내고 울고 조금 웃었던 5일간의
실화를 담은 가족 에세이.

11 낯선 여자가 매일 집에 온다

무라이 리코 지음 | 이지수 옮김 | 16,000원

치매 환자 시점 에세이. 치매 환자의 고독과 불안을 생생하게 알려주는
동시에 함께 걸어갈 힘을 주는 책.

도서출판 오르골은
마음 따뜻해지는 책을 만듭니다
공식 블로그 blog.naver.com/orgelbooks
인스타그램·페이스북 @orgelbooks

50, 이제 결혼합니다

본격 만혼 에세이

초판 1쇄 발행 | 2023년 9월 8일

지은이   백지성
책임편집   박혜련
디자인   김선미
제작   공간

펴낸이   박혜련
펴낸곳   도서출판 오르골
등록   2016년 5월 4일(제2016-000131호)
팩스   070-4129-1322
이메일   orgelbooks@naver.com
블로그   blog.naver.com/orgelbooks

ISBN 979-11-92642-05-5　03810

본 도서는 카카오임팩트의 출간 지원금을 받아 만들어졌습니다.